聖剣使いの
最強魔王
The Strongest Devil King:
Master of the Holy Sword

Character

The Strongest Devil King: Master of the Holy Sword

マヒト

元魔王。
先代である父の亡きあとに魔王を継承したものの、弟マガツの裏切りによりその座を剥奪された上、呪いにより魔族に対して無力な状態になる。
口調は粗野だが、他人には甘く、極めて平和的。
人間との和平と弟の討伐を目指す。

フラウディア・フォウ・シンフォリア

シンフォリア王国の王女。

立場上、淑女的な振る舞いを心がけているが、本来の性格は気さくでおっちょこちょい。また、回復・補助魔法の使い手であり、やや異常ともいえる献身性によって己の身よりも他者を優先して助けようとする。

ヨーコ・テンドー（天道陽子）

現代日本から召喚された女子高校生。

極めて楽天的で、誰とでも自然に友好的な関係を築いてしまう、天性のコミュ力の持ち主。

魔術においても驚異的な才能を発揮し、目覚ましい成長をみせる。他人をからかったりイジったりするのが大好物で、フラウは格好の餌食。

シャイン・オニヅカ

極東の平倭国の刀である倭刀を使う少女。

基本的にぼーっとしており、あまりやる気がない。

他者との交流も面倒臭がる傾向にあり、すぐに毒舌で返してしまうタイプ。

しかし、戦闘能力は非常に高く、同年代の中で突出した実力を誇る。とある事情から魔族を憎んでいる。

vsミノタウロス
「一発あっつーいのをどーんとお見舞いするよー！」

vs黒竜
「――おいたの時間は終わりだ」

vs魔族ジェネラル
「……この子が震えてる」

「どうやら教育が必要なようだな」

Contents

The Strongest Devil King: Master of the Holy Sword

聖剣使いの最強魔王

春日部タケル

ファンタジア文庫

3092

口絵・本文イラスト　ハリオ

プロローグ

「ヴァーカ！　んなクソめんどいことよりも、手を結んだ方が楽に決まってんだろうが」

肘を突き、玉座でふんぞり返っているのは魔王、マヒト。

「浅慮ですね、兄上。あのような畜生以下の者共、殲滅《せんめつ》以外の選択肢はありません」

柔和な笑みを浮かべながらも、物騒な言葉を返すのは王弟マガツ。

この二人は、父である先代魔王が健在の頃からずっと、意見の衝突を繰り返してきた。

それは先代魔王が崩御し、マヒトがその座を引き継いでからも変わることはなかった。

「まあ今更兄上に理解していただかなくとも、私は私で勝手に根絶やしにしますので」

（やっぱクソキメぇなこいつ……ニコニコしながら皆殺しとか、ネジぶっ飛んでやがる）


厳《いか》めしい城の最奥《さいおう》で、二人の男が言葉を交わす。

「皆殺しです」

「和睦だ」

マヒトは心中でドン引きするが、魔王軍の中において異端なのは彼の方であった。

マガツを始めとする他の魔族は皆、人間と友好的な関係を築こうなどという考えは、はなから頭に無い。

「待てコラ。現魔王は誰だと思ってんだテメエ。俺が和睦っつったら和睦なんだよ」

「はは、そう仰《おっしゃ》ると思っていました。ですから――」

マガツが後方に視線を向けると、鋼鉄製の門が開き、数十匹のゴブリン達が王の間へと雪崩《なだ》れこんできた。その全てが剣や槍《やり》、棍棒《こんぼう》で武装している。

「……どういうつもりだ？」

「見ての通りです。兄上には死んでいただこうかと」

そんなことは聞かなくても分かっていた。

「違《ちげ》えよ。この程度で俺を殺そうなんざ――正気かって言ってんだ」

「「「――っ⁉」」」

ゴブリン達の表情が一斉に恐怖に染まる。

「……随分と舐《な》められたもんだなァ」

燃えていた、魔王の身体《からだ》が――その怒りを体現したかのような、漆黒の炎で。

「この城ごと消し炭にしてやろうか……ア？」

その言葉は決してハッタリではない。歴代魔王の中でも随一とされた父の魔力を色濃く受け継ぎ、ゆくゆくはそれを凌駕《りょうが》すると評されたマヒトは、その気になればこの広大な魔王城を灰燼《かいじん》に帰すことも不可能ではない。

（まあ命令されてるだけのゴブリン共を殺す気はさらさらねえが、マガツの馬鹿を含め、ちっとばっかし灸《きゅう》を据えてやらな――ん？）

唐突に湧き上がる違和感。そして――

「ぐあああああああああああっ！」

マヒトの身体に激痛が走った。

全身から力が抜け、思わず膝を突く。

「が……あっ……？　な、何が……起こって……やがる……」

それを見下すような形で、マガツが口を開く。

「父上ですよ」

「……親父《おやじ》？」

「そう。貴方《あなた》の危険思想を憂慮した父上は、『我々魔族とその眷属《けんぞく》には魔王としての力を行使できない』呪いをかけました。兄上に気付かれないよう、少しずつ。それを引き継いだ私が、たった今発動させたという次第です」

「あの……クソ親父がっ……」

先代魔王の父が存命中、マヒトは人間との和睦を再三提案し、その度に退けられてきた。交渉では埒《らち》があかないと悟り、力尽《ちからず》くでどうにかしようとしたこともあったが、その際はいとも容易《たやす》く返り討ちに遭い、半殺しの憂《う》き目《め》にあった。

父を凌駕するであろう魔力とは言ったが、それはあくまで未来を見据えての話。

魔王として全盛の時期にあった先代に、その時点では敵《かな》うべくもなかった。

だが絶対的王者であった父も病には勝てず——原因不明の奇病により、最強の力を有したままあっさりと逝《ゆ》き、マヒトがその跡を継ぐ次第となった。

「父上が本当は私に譲位したがっていたのはご存じでしたよね？　しかし代々の掟《おきて》により王位継承権は絶対。その結果兄上が即位した訳ですが、継嗣も生まれていない現状——」

「……継承権一位はお前だな」

「ご名答です」

「……つまり、最初っからテメエと親父はグルで、即位後に俺をぶっ殺す算段だったと」

「はい、父上からは常々『俺の退位後はマヒトに一度継がせた後、お前の手で始末し、魔王の座を奪い取れ』と。まさかこんなに早く逝かれるとは思いませんでしたが」

「ハッ！　息子殺しなんざ企ててっから、天罰が下ったんだろうぜ」

「はは、天罰とはおよそ魔族とは思えないセリフですね、兄上らしい——まあそれはそれとして、安心して下さい。私は権力に興味はありませんし、私利私欲の為《ため》に動いている訳でもない。父上の意向に背く形にはなりますが、貴方がきちんと更生し、考えを改めていただけるのであれば矛を収め、従いますよ」

「ワハハハハハハッ！」

「おや？　何がおかしいのですか」

「はっ、これが笑わずにいられるかよ。清く正しく人間を皆殺しにしろってか？……おかしいのはテメエらの頭だよこのイカレ野郎共が」

「そう答えますよね、兄上ならば。戯《たわむ》れに言ってみただけです——では、やって下さい」

マガツは控えていたゴブリンの内、一匹に視線を向ける。

「キ……キイ……」

「ああ、恐れることはありません。彼の魔力が貴方に行使されることはありませんから——さあ、一思いに殺してみましょうか」

「キ……キイッ！」

マガツの言葉に、害意を再燃させた様子のゴブリンはマヒトの傍《そば》まで歩み寄り、手にした棍棒を、力の限りマヒトの腹部に叩《たた》き込んだ。

「があああっ！」

もんどりうって床を転がるマヒト。

「くっ……そっ……力が……入らねえ……」

魔力を行使できないだけでなく、魔に属する者を前にすると、極度の脱力状態に陥る
……先代の施した呪いは予想以上に強力な代物だった。

「キキィッ！」

雲の上の存在である魔王が、自分に手も足も出ないことに歓喜するゴブリンだったが、

「──何をしているのです？」

底冷えのするような声が、背後からかけられた。

「キ、キイ？」

「私は、一思いに殺せと言いましたよね」

マガツの冷徹な視線を受けたゴブリンは喜色から一転、怯《おび》えの表情を見せる。

「キ、キキッ……キイ──」

「ああ、もう結構です」

マガツが指を向けた次の瞬間──ゴブリンの身体がどろり、と溶け出した。

「ギッ……アッ……ギアアアアアアアアッ！」

そして、断末魔と共に原形を無くし、半液体状の何かに成り果て床に拡《ひろ》がった。

「……テメエ」

「何をお怒りで？　使えないゴミを処分しただけではないですか」

この問答においても、魔族の倫理観に則《のっと》るならば、マガツの反応の方が自然だ。

ゴブリンという最下級に位置するモンスターなど、ヒエラルキーの頂点に君臨する魔王の前では使い捨ての駒にすぎない。

「というかお前……どこにこんな力を隠してやがった」

マヒトの認識では、マガツは知略には長《た》けていても、直接的な戦闘に関しては不得手という印象だった。

「父上から提案されるまでもなく、私はいずれ貴方を殺す気でいましたからね。敵にわざわざ手の内を見せる必要はないと思いまして」

にこり、と柔和な笑みを浮かべる弟の周囲には、悍《おぞ》ましいまでの魔力が渦巻いている。

そしておそらくこれは、その力のほんの一端……魔力そのものもそうだが、こんなものを今まで悟られずに隠し通せていたこと自体が、マガツの底知れなさを物語っている。

「……外道が」

「はは、それは最高の褒め言葉ですね」

そしてマガツはマヒトに一歩歩み寄り――

「がっ！……」

微笑《ほほえ》みを湛《たた》えたまま、マヒトの顔面を踏みつける。

「私にも僅かながら肉親の情というものがあります。兄上自ら手を下せ、とまでは言いません。私の方針を認め、人間の殲滅を傍観するとだけ宣言していただければ、半永久的な投獄措置という形をとることもできますが」

「バーカ。んなことするくらいなら死んだ方がマシだ」

「そうでしょうね。好き好んでそんな状態になる程に人間に入れ込んでいるのですから」

魔族と人間とでは、外見が根本的に異なる。前者の肌の色は赤や青、土気色といった毒々しいものであり、角などの外部器官が発達している固体も多く見られる。

そして血液。魔族の体内には、その禍々《まがまが》しい精神性を反映させたような、漆黒の液体が流れている。

しかし、今現在のマヒトは象徴的だった一本角を切除、暗灰色であった肌も魔術的処置によってペールオレンジへ。流れる血の色までも同処置により赤に変化させ、完全に人間としか思えない外見となっていた。

「和平の前段階として、人間の世界をこの目で確かめてくる予定だったからな。だがせっかくのバカンスが、どっかのアホのせいで台無しだぜ」

「余裕ですね。私が実際には兄上を殺せないとでも？」

「いいや？　テメエが期待してるような顔は見せてやらねえってだけだ」

マガツが本気で自分の命を奪う気であることは、その気性を熟知しているマヒトが一番よく分かっていた。

……そして、今現在の己に、それに対抗する術《すべ》が無いことも。

「死を前にして、虚勢を張るでもなく、自然に振る舞えるその心の有り様——実に惜しい。その生温《なまぬる》い思想以外は、兄上は真なる王の器でしたのに」

「ハッ、そいつは最高の褒め言葉だぜ」

「貴方は存在する場所を間違えた。今度生まれ変わるなら、勇者にでもなるといいのではないですか？　皮肉ではなく、大いに資質があると思いますよ。人間想《おも》いの元魔王様」

そしてその手に魔力が集約し、禍々しい鎌状の黒い刃《やいば》が形成される。

「お気に入りは全て残らず後を追わせますので、安心して逝《い》ってください」

（チッ、ここまでだな……）

マヒトは本来、どんなに無様であろうとも、最後まで逆転の可能性を模索しながら足掻《あが》くような気質だ……だが、理屈ではなく本能で悟ってしまっていた。

これは、策や根性論ではどうにもならない次元の状況だと。

それ程までに、父が施した呪いは絶対的なものだった。

「おい馬鹿弟、心してやれよ。半端《はんぱ》にやったりしたら化けて出てやっからな」

「はは、その時はアンデッド部隊の一員にでもして差し上げますよ」

まるで日常会話のような軽いやりとりの後、

「それでは、ごきげんよう」

マガツはあっさりと致死の刃を振り下ろした。

――が。

「…………おや？」

その鎌は何者を捉えることもなく、空を切る。

「これは……どういうことですか？」

その疑問に答える者はなく、主《あるじ》を失った王の間は、奇妙な静寂に包まれていた。

「………………ん？」

気がつくと、マヒトは見知らぬ場所にいた。

(なんだ？……魔王城じゃねえが、どこかの城……だな。だが俺はくたばる寸前だったはず……一体何が起こっ――)

「おおおおおっ！」「せ、成功したのか？」「これで世界は安泰だ！」

マヒトの思考は、沸き上がる歓声によって中断される。

(なんだこいつら？　人間…………だよな？)

マヒトは祭壇のような場所の中心にいた。そして、それを取り囲むようにずらりと並んだ人々。

(おいおい、気持ち悪《わり》ぃな。どうしてどいつもこいつも、俺のことこんなキラキラした目で見てやがる？)

「ようこそ」

凜《りん》とした声が響き、純白のドレスに身を包んだ少女が歩み寄ってくる。

顔立ち、艶を放つ薄桃色の髪、所作――その全てが極上の美しさを有する少女は、マヒトの傍まで来ると、恭《うやうや》しく頭を下げた。

「この度は召喚に応じていただきまして、誠にありがとうございます。国民一同、貴方様《あなたさま》をお待ち申し上げておりました。適性値９９９９の勇者様」

「……あ？」

第一章　魔王と姫と女子高生

1

（ゆうしゃ？……一体こいつ、何言ってやがんだ？）

いきなり飛び出したその単語に、首を傾《かし》げるマヒト。

「不躾《ぶしつけ》に失礼いたしました。私はこのシンフォリア王国の王女にして、神代の巫女《みこ》も務めております、フラウディア・フォウ・シンフォリアと申します」

一国の姫であるらしいその少女は、柔らかく微笑んだ。

（シンフォリア王国……知らねえな。てかクソ親父《おやじ》のせいで、ろくに魔王領から出られなかったからな……）

先代魔王によって行動を著しく制限されていたマヒトは、人間界の知識が圧倒的に不足していた。即位し、いざ人間への理解を深め、手を結ぼうと思った矢先に起こったマガツの反乱――情報を集める暇さえなかった。

最後に魔王領から出たのはいつだったか？　その際に得た出会いが、マヒトが親人間思想に傾くきっかけとなったのだが――それはまた別の話。

しかし疎《うと》いということは別にしても、勇者呼ばわりは意味が分からない。

「いや、何言ってんだか知らんが、俺はそんな大層なもんじゃねえぞ」

というか真逆だ。

勇者とは、魔を討ち滅ぼす力を有した人類の希望――魔王はその矛先が向けられる存在なのだから。

「またまたご謙遜を！　遠慮は無用ですぞ、勇者殿！」

高級そうな衣装を纏《まと》った老人が一歩歩み出て、声を張り上げる。

「だーから違うっつってんだろ、ジジイ」

「なっ……」

「つーか、俺も何がなんだかサッパリ分かってねえんだ。状況を説明しろやコラ」

「ゆ、勇者殿は大分口が悪いようですな……ハハ」

苦笑いを浮かべる老人だが、気分を害したような雰囲気ではない。むしろ、期待を込めたような視線をマヒトに向けてきている。

「では宰相ジーダに代わりまして、私がご説明させていただきます」

そうして口を開いたのは王女フラウディア。

「貴方様に自覚がありませんのも無理はございません。この勇者召喚の儀は、世界全土より勇者適性の高い方を自動で呼び寄せるものですので、事情がお分かりにならないのも至極当然のこと。事前の承諾もなしの強制的な所業……誠に申し訳ございません」

再び頭を下げる王女だが、問題はそこではない。

「そういうこっちゃねえって。自覚とか承諾とか以前に、俺は魔お――」

「どうなさいました?」

「……いや、なんでもねえ」

己の身分を口にしかけて、思い留《とど》まるマヒト。

自分の身に何が起こったのか把握しきれていないこの状況で、素性を晒《さら》すのは避けた方が賢明だろう。幸いにも今現在のマヒトの外見は、完全に人間そのもの。魔力を行使したりしなければ、魔族であることが露呈する可能性は限りなく低い。

「まあとにかく、勘違いだ。俺は勇者なんかじゃありえねえ」

「いえ、この場に召喚されたということ自体が勇者様である何よりの証拠です」

「いや、だから違《ちげ》えっつって――ん? なんで急に顔赤くしてんだ、お前」

「そ、それは……」

それまで悠然とした雰囲気だった王女が急にモジモジしだした。

「今から、貴方様と私が口づけを交わすからです」

「……はぁ？」

あまりにいきなりな発言に、素っ頓狂な声が出るマヒト。

「と、唐突すぎるお話で申し訳ございません。実は、貴方様は今のままでは素質を秘めたただの人間でしかありません。巫女である私との儀式を済まさなければ、魔王を打ち倒す為《ため》の聖なる力がその身に宿らないのです」

「はあ？　それがキスだってのか？　お前、見ず知らずの奴《やつ》にそんなことするの、嫌じゃねえのかよ」

「それが私の役目ですので。そしてこれは神聖なる儀式の一環ですから、私情の介在する余地はありません」

「んだよそれ……まあなんにせよ、会ったばっかりの女とキスなんてできるかっての」

「こ、困ります。私と口づけしていただかなければ、聖なる力が……」

「俺の方が困るわ。そんな愛のない真似《まね》できる訳ねえだろ」

「で、ですから、これは儀式なので、愛とかそういう私情は関係ないのです」

「てか、それ以前に俺は勇者じゃねえっつってんだろうが！」

「いいえ、間違いありません、嘘《うそ》つかないでください！　そして口づけさせてください！」

「痴女か！」

「ちっ……！　し、失礼なっ……だ、大丈夫です。そんなに本格的なものではありませんから。(唇の) 先っちょだけ、先っちょだけでいいからお願いします」

「だから痴女か！　余計に卑猥《ひわい》な言い方になってんじゃねえか！」

「ぐっ……ジ、ジーダ、この聞き分けのない勇者様になんとか言ってあげてください！」

「いや、今のはフラウディア様の言葉選びが悪いですな」「私もそう思います」「姫様、気が緩むと素が出るからなー」

「うっ……」

宰相のみならず、控えていた兵士達からも総ツッコミを受ける王女。どうやらお淑《しと》やかに見えたのはそう振る舞っていただけで、抜けた感じのこちらが本来の気性らしい。

「ま、まあ、言い回しがよろしくなかったのは認めます。ですが、なんとしても口づけだけはしてもらわなくては困ります」

「断る」

「お願いします。世界を救う為にどうしても必要な行為なのです」

「断る」

「人類の存亡が関わっているんですよ」

「断る」

「ど、どうしても？」

「ああ、どうしてもだ」

「…………分かりました」

　王女は軽く唇を噛《か》みながら、俯《うつむ》いた。

（ようやく諦めやがったか。というか俺は魔王なんだから、そんなことしても無駄——）

「あっ！　あんな所に幻のレインボーガブド虫が！」

「なにっ！」

　魔族も人間も関係なく、男の子ならみんな大好きレア昆虫の名前を出され、思わず振り返ってしまうマヒト。

「おいおい、どこにもいねえじゃねえか、お前、嘘つい——っ⁉」

　振り返り様、柔らかいものがマヒトの唇を包んだ。

（こ、こいつ……やりやがった！）

隙を突いての不意打ちキス。

（くそ……だが、しちまったもんはしょうがねえ。とっとと……ん？）

「……ん」

（な、長くねえか？）

先程の王女の言によれば、ついばむ程度のものでいいはずだった。だがこれは――

（そ、それに深《ふけ》ぇ！……な、何考えてんだこいつ――ん？）

その身体《からだ》は震えていた。

役目、儀式と割り切っている様子だったが、やはり年頃の女の子がこんなことをするのには、相当な覚悟が必要なのだろう。いっぱいいっぱいになりすぎて、半分意識が飛んでいるような状態らしく、一向に口づけをやめる様子がない。

マヒトは、フラウディアの肩を摑《つか》んで無理矢理引き剝がした。

「ぷはっ！」

「え？……あ、あれ？　私は一体何を？」

「『何を？』じゃねえよ！　長《なげ》ぇし入れすぎなんだよお前！」

「長い？　入れすぎ？…………っ⁉」

そこでようやく、自分のしたことを思い起こした模様。

「あ、あわわわわわわわわわわわわわわっ！」

その顔が、一瞬にして赤く染まる。

「わ、私はな、ななな、なんてことをっ――へ？」

その瞬間、背後の魔方陣が激しく輝いた。

そして――


「およ？……なんだここ？」

閃光《せんこう》と共に、新たな人物が召喚された。

「……え？」

あまりに唐突な展開に、羞恥心も引っ込んでしまった様子のフラウディア。

「え？……あれ？……ん？……勇者様が、二人？」

「ど、どういうことだ、これは……」

宰相ジーダも事態が把握できていないようで、困惑している。

「ひ、姫様」

そこへ、ローブ姿の魔術師然とした男が歩み出てくる。

「も、申し上げ辛《づら》いのですが……あの眩《まばゆ》い光……召喚のされ方からして……後から出てきた方が勇者様かと」

「へ？……じゃ、じゃあ、あの人は……」

目を見開きながら、マヒトに視線を向けるフラウディア。

「は……なぜ召喚されたかは不明ですが、勇者様ではございません」

「……ということは……わ、私の儀式は？」

「……残念ながら、ただの接吻《せっぷん》行為かと」

「…………………」

フラウディアはその身をぶるぶると震わせた後、マヒトを思いっきり指差して――

「こ…………………この不埒《ふらち》ものおおおおおおおっ！」

「いやお前だわ！」

2

「へ、兵士の方々、その性犯罪者を捕らえてください！」

「「御意っ！」」

「理不尽すぎるだろ！」

そのまま衛兵達に取り押さえられ、強制的に床に突っ伏されるマヒト。

「よ、よくもやってくれましたね……」

それを見下ろし、唇を自らの手で拭うフラウディア。

「いや、やったのはどう考えてもお前だろ。一から十まで一人でな」

「ぐっ……あ、貴方《あなた》の処遇は追って考えます。厳罰は覚悟しておいて下さい！」

（ごまかしたな……）（ごまかしましたな……）（姫様ごまかした……）

マヒト、宰相ジーダ、兵士、皆が共通の見解を抱く中、フラウディアは召喚された人物の方に歩みを進めていく。

（ま、こんな雑兵共、全員ぶちのめすのは簡単だが、面白そうだからもう少し見守るか）

「ご、ごほん……この度は召喚に応じていただきまして、誠にありがとうございます。国民一同、貴方様をお待ち申し上げておりました。適性値９９９の勇者様」

「へ？　勇者？……私が？」

困惑したような声を上げるその人物は、女性だった。

年の頃は十五、六、といったところだろうか。黒髪を腰の辺りまで無造作に伸ばした、見目麗《みめうるわ》しい少女だ。

「うわ……ガチであるんだ転移とか……別にトラックに轢《ひ》かれた訳じゃないけど……」

そして、キョロキョロと辺りを見回しながら、何やら訳の分からないことを呟《つぶや》き出した。

「勇者様、随分変わったお召し物ですが、それはどちらの国のものでしょうか?」

「ああ、このセーラー服のこと? どちらの国って……うーん、多分言っても分からないんじゃないかなー。なんせ異世界だから」

「イセカイ?」

「ん? なんか認識に齟齬《そご》があるみたいだね。きみ達は、私をここじゃない別の世界から召喚しようとしてた訳じゃないってこと?」

「ここではない……別の?……申し訳ございませんが、仰《おっしゃ》っている意味が……」

「あー、なるへそー、なんかよく分かんないけど、イレギュラーなんだね、私」

マヒトにも少女の話の内容はさっぱりだったが、彼女は勝手に自己完結した様子だった。

「あ、申し遅れました。私はこのシンフォリア王国の王女にして、神代《しんだい》の巫女《みこ》も務めております、フラウディア・フォウ・シンフォリアと申します」

「あ、どもども。女子高生のヨーコだよ、よろしくね!」

「ジョシコウセイ?……その肩書きはよく分かりませんが、ヨーコ様と仰るのですね。この度は貴方様のご都合を鑑《かんが》みない、強制的な召喚になってしまい、誠に申し訳ございません。ですが、この世界を救う為《ため》にご協力いただけないでしょうか？」

「もしかして、魔王を倒してくれ、とかそういうやつ？」

「あ、はい、その通りです。ご理解が早くて助かります」

「うわ、当たった。テンプレすぎて笑えるね、あはは！」

噛み合ってるんだか噛み合ってないんだか分からないが、話は進んでいる模様。

「それでは早速ですが、口づけさせていただけますでしょうか。それで貴方様に聖なる力が宿りますので」

「口づけ？……ああ、そういうこと。今までの会話から察するに、そっちで捕まってる人と間違ってキスしちゃったんだよね？　じゃあお断りするね。私、別にそっちの気はないし、仮にあったとしても中古とか嫌だし」

「失礼ですね！」

「ワハハハハハハッ！」

「そこ！　捕まりながら笑わないでください！」

そこでまた、ローブの魔術師が口を開く。

「姫様。通常では考えられないことですが、この勇者殿、適性値が高すぎて、最初から聖なる力が上限まで達しています……ですので儀式の必要はございません」

「え？　そんなことがあり得るんですか？」

「あ、そりゃよかった。私、中古ビッチとキスするなんてやだし」

「この勇者失礼すぎませんか！」

「は、腹いてぇ……」

「捕まりながら身をよじらせないでください！」

「あはははは！」

「勇者様も自分で言ってなんでそんなに笑ってるんですか！」

「はは、ごめんちゃい。冗談だから気にしないでねー」

どうやら勇者候補の少女は、相当ふざけた性格の持ち主のようだった。

「ところでさ、魔王を倒すって具体的には何をすればいいの？」

「あ、ああ、そうですよね、ご説明します。先だって歴代最強と呼ばれた魔王が病に倒れ、新たに即位したのはその父をも凌《しの》ぐ才覚と噂《うわさ》される息子。世間では討ち倒すのは不可とまで言われています……が、我々人間の切り札たりうる存在が、この城に存在するのです」

(ま、既にその次のクソ弟に代替わりしたけどな)

マガツの顔を思い出し、心中で悪態を吐《つ》くマヒト。

「その切り札って、まさか聖剣とかいうオチじゃないよね？」

「え？　そうですけど……何か問題がありますでしょうか？」

「ひゃー、これも当たり？　なーんか中学生が考えたみたいな安直展開だなー。ていうかもしかして、あそこに刺さってるアレ？」

ヨーコは、祭壇の更に上——階段を上った先にある台座に目を向ける。

「はい。あそこに刺さっている聖剣を抜いていただけますか？　歴代の巫女が召喚した勇者候補でも叶《かな》わなかったことですが、適性値９９９の貴方様ならできるはずです」

「あ、そーなの？　まあゲームみたいで面白そうだから、とりあえずやってみるね！」

そう言って意気揚々と階段を上るヨーコ。

「ふふん、勇者ヨーコちゃんの伝説の一歩をその目に焼き付けるがいい。そりゃーっ！」

そして、気合い満タンに、聖剣の柄《つか》に手をかけ——

「あ、無理」

「諦めるのはやっ！」

フラウディアが反射的にツッコミを入れる。

「駄目だね、これ。早いとか遅いとかの問題じゃなくて、びくともしないもん」

「ソ、ソーマ……またしても召喚間違いということはないのですか？」

慌てた感じでローブの魔術師に問いかけるフラウディア。

「い、いえ……あの少女が、我々が待ち望んでいた勇者様候補で間違いありません」

「そ、そんな……適性値999の勇者様でも抜けないなんて……」

頭を抱えるフラウディアに、ヨーコが乾いた笑いを向ける。

「あはは、これは無理ゲーだね。じゃ、私は帰ろっかな」

「え？」

「いや、スムーズに抜けてチート無双できるなら、やってみてもいいかなって思ったけど、なんか抜けないし、テンション下がっちゃったから帰るね。その魔方陣、なんかまだ生きてそうな感じがするし」

「へ？　う、嘘《うそ》ですよね……あ、ちょっ！　待ってくださ――」

「んじゃ、ばいびー」

ヨーコが乗った瞬間、魔方陣は先程と同じように眩い光を放ち――

「い、いなくなって………しまいました」

その姿は、影も形も無くなっていた。

「そ、そんな……」

その場にぺたん、とへたり込むフラウディア。

「私の……巫女としての力が足りなかったんですね」

「ひ、姫様、そんなことはありませんぞ！　あの聖剣がそれだけ強力であることの証左です！」

宰相ジーダが庇《かば》うような発言をするが、フラウディアは力なく首を横に振る。

「……誰にも抜けないのであれば、意味がありません」

「ひ、姫様……」

「おいおい、いくらなんでも大袈裟《おおげさ》に落ち込みすぎじゃねえのか」

ぽつりと漏らしたマヒトの独り言に、その身体《からだ》を押さえつけている兵士が怒りをみせる。

「貴様……軽々しくそんなことを抜かすな！　我々人類が魔族にどれだけの被害を被ってきたのかを知らぬ訳ではあるまい。その元凶である魔王を討ち滅ぼせる可能性のある勇者は、国の……いや、世界の宝だ。あれだけ周到な準備のもとに行われた勇者召喚……それが一瞬にして無に帰したのだ、何も大袈裟なことではあるまい」

「…………」

マヒトは、もう一度フラウディアに視線を向ける。

「せっかく……せっかく平和な世界が……人類が魔族に脅《おびや》かされない世界が来ると思ったのに……」

その瞳からは、一筋の雫《しずく》がこぼれ落ちていた。

「……おい」

マヒトは、自分を押さえつける兵士に問いかける。

「魔族ってのは、そこまで好き勝手やってやがるのか？」

「ふざけているのか貴様は……奴《やつ》らの悪辣さなど、今更語るに及ばん。姫様も気丈に振る舞われてはいるが……先だって魔族にライアス様――実のお兄様を殺されたばかりだ」

「…………………………………………………………すまねえ」

「ん？　何か言ったか、おま――」

「どけ」

「うおっ！」

軽々と兵士を払いのけて立ち上がるマヒト。

「き、貴様っ！」

突然の抵抗に、兵士達三人がマヒトを再び拘束せんと試みるが――

「どけっつったろ」

「ぎゃっ！」「ぐあっ！」「おわっ！」

マヒトが、その肩口をそっと突いただけで、皆一様に吹き飛ばされて、尻餅をついた。

「こ、こいつ……」「な、なんて力だっ！」「と、捕らえろっ！」

色めき立った兵士達が、マヒトをずらりと取り囲む。

しかし——

「もう一度言うぞ——どけ」

「「「「——っ！」」」」

その言葉と眼光は、屈強な兵士達を竦《すく》ませる程の胆力を伴っていた。

まるで災害でも避けるかのように道を空ける兵士達を素通りし、祭壇まで歩み寄ったマヒトはうなだれている姫の頭に、ぽん、と手を置く。

「……何をするつもりですか」

「クク、なーんか抜けそうな気がすんだよな、あれ」

マヒトは階段上の聖剣に視線を向ける。

「……無理です。あれは勇者適性値が高く、人間を愛し、魔族を討ち倒す強い意志のある方にしか抜けません」

「なるほどな、さっきの姉ちゃんには最後の部分が足りなかったってことか」

「……はい、勇者適性値は単なる能力で、召喚の際に人格や精神性は考慮されませんので」

マヒトはフラウディアの言葉を背に受けながら、階段を力強く上っていく。

「ま、自覚はねえが、もしかして全部あんのかもな、俺」

「……え？」

『貴方は存在する場所を間違えた。今度生まれ変わるなら、勇者にでもなるといいのではないですか？　皮肉ではなく、大いに資質があると思いますよ。人間想《おも》いの元魔王様』

「——なんせ、現魔王様のお墨付きだからな」

そして、
ずぼっ！

「「「「ぬ、抜けたああああああああああっ！」」」」

あまりにもあっさりと為《な》されたその所業に、目の玉を飛び出させる家臣達。

「は？　ユルユルじゃねえか。なんでこんなもんが抜けなかったんだ、お前ら」

「あ、貴方《あなた》は……一体……」

階段下からの姫の驚愕《きょうがく》の視線を受け、マヒトは答える。

「ワハハ、どーでもいいだろそんなもん。ま、お前を中古にしちまった責任とって、魔王は俺がぶっ倒してやるよ」

「中古って言わないでください！」

「クク、ベソかいてるより、そうやってギャーギャー喚《わめ》いてる方がかわいいぞ、お前」

「なっ……」

「それにしても、なかなかいい光り方してるじゃねーかこいつ。聖剣って言われるだけはあるな。どれ、いっちょ試してみるか」

そしてマヒトは、聖剣が刺さっていた金属製の台座にそれを振り下ろした。

「オラァッ！」

パキーン！

「「「お、折れたああああああああああっ！」」」

3

「せ、聖剣が……聖剣があああっ！」「わ、我らの悲願がっ……」「終わりじゃ……人類の希望が砕けてしまった……」

絶望する面々を前に、マヒトはバツが悪そうに頬を掻《か》く。

「な、なんか悪《わり》ぃ……」

「悪いで済むかこのたわけ者が！」「貴様自分がしでかしたことが分かっているのか！」

「死罪をもってしても償い切れんぞ！」

「いや、そんなこと言われてもよ……」

マヒトはぼやきながら、床に転がった刀身を拾い上げる。

「おー、根こそぎいっちまってんな、こりゃ。あ、でも断面めっちゃ綺麗《きれい》だぞ。これなら糊《のり》でも塗っときゃどうにかなんじゃねえか」

「なるわけないじゃないですか！」

フラウディアは盛大にツッコミながら、マヒトの手から刀身を奪い取る。

「あ、ああ……こんなあられもない姿に……」

「ひ、姫様ご安心下さい。早急に熟練の武器工を呼び寄せますので」

ジーダのその言葉で、フラウディアは多少の落ち着きを取り戻す。

「あ、ああ、そうですね……折れはしましたが、完全に失われてしまった訳では——」

しゅううううう。

「なんか溶けてってますけど⁉」

フラウディアの言葉通り、刀身からは光の粒子のようなものが立ち昇り——

「あ、ちょ、待っ……待ってくださいいいいいいいっ！」

その懇願も虚《むな》しく、刀身は完全に消失してしまった。

残ったのは、マヒトの手に握られた柄《つか》の部分と、

「「「「…………………………」」」」

向けられた、全員からの殺意にも似た視線。

「………じゃっ！」

「何をいなくなろうとしとんじゃ貴様！」「逃す訳ないだろうが！」「捕らえろ！　大罪人を捕らえろおおおおおっ！」

「うおっ！」

またしても取り押さえられるマヒト。

「今すぐ牢《ろう》にぶちこめ！」「いや、それでは生温《なまぬる》い！　この場で断罪しろ！」「鞭《むち》だ！　鞭で百叩《ひゃくたた》きに処せ！」

「うるせえええええっ！」

「「「ぐあっ！」」」

マヒトが再び兵士達を吹き飛ばす。

「折れちまったもんは仕方ねえだろうが！　大体、こんな台座ぶっ叩《たた》いたくらいで駄目になるようななまくら、魔族に通用しねえっつーの！」

「そ、それは確かに……」

ストレートなマヒトの指摘に言葉を詰まらせるジーダ。

「けっ、こんなもんに頼ってるようじゃ、永遠に魔王なんて倒せねえぜ」

マヒトは聖剣の柄をぽい、と投げ捨てる。

「き、貴様っ！　なんという罰当たりな！」

「ハッ！　安心しろ。そこの姫さんを中古にしちまった責任と、聖剣を折っちまった責任とって、俺が魔王をぶっ倒してやるよ」

「だから中古って言わないで下さい！」

（とはいえ、呪いを解く方法を見つけねえとどうにもなんねえけどな……ま、人間にもそういうの詳しい奴いるだろうから、どうにかなんだろ）

大雑把かつ楽天的なマヒトだが、ジーダは到底納得できないといった様子で憤《いきどお》る。

「さっきから聞いておれば大口を叩きおって……少しばかり格闘能力が高い程度で魔王を倒そうなどと、片腹痛いわ！」

「少しねえ……まあでもアンタの髪の毛の量よりはあると思うがな」

「なっ……聖剣を折った上にそ、そのような侮辱……もう我慢ならん！　ガイザ！　ガイザはどこにいる！」

「ここにいる……騒ぐなジジイ」

答えたのは、壁にもたれかかり、怠《だる》そうに腕組みをする騎士。

「なっ……貴様、ジーダ様に対してなんたる口の利《き》き方か！」

「よい、ソーマ。あやつは実力のみで周りを黙らせ、のし上がってきた騎士団の俊英。力を示すのならば多少の無礼には目を瞑《つぶ》る。ガイザよ、この口先だけの犯罪者を黙らせよ！」

「言われなくとも……そいつのふざけた態度……さっきから目障《めざわ》りだ」

ぬらり、と壁から離れ、マヒトの方へと歩み寄ってくるガイザ。

全く隙の無い挙動、そして昏《くら》く淀《よど》んだ光を宿す瞳。

若くして相当な修羅場を潜ってきたであろうことが窺《うかが》い知れる。

「一つ警告しておく……俺は剣を抜いたら手加減はできん……死にたくないのであ——ほげーっ！」

ワンパン一閃《いっせん》、吹き飛ばされて石壁に叩き付けられるガイザ。

「「「なっ……」」」

絶句する面々と、つまらなそうに鼻をほじるマヒト。

「だったらさっさと抜けっての」

「な、なんの魔法を使った貴様！」

「あ？　んなもん使ってねえよ」

「ふざけるな！　単純な膂力《りょりょく》であそこまで人間が吹き飛ぶ訳がなかろう！」

「おいおい爺《じい》さん、そんなに興奮したら毛根に悪いぜ」

「お、おのれ……」

ジーダが怒りに顔を赤くしたその瞬間——


「勇者様が召喚されたというのは誠ですか！」

扉が開き、純白の鎧《よろい》に身を包んだ騎士が姿を現す。

「おお、騎士団長殿か！　実によい頃合いで来てくださった！」

「ジーダ様、どうかなされましたか？」

「あやつです。あの輩《やから》が勇者様を追い返し、聖剣を折り、ガイザや他の兵士達を痛めつけた極悪人なのです！」

（いや、あの姉ちゃんは勝手に帰っただけだろうが……）

勝手に罪状が追加されているが、あの興奮具合では指摘したところで無駄だろう。

「……ほう」

騎士団長の目に、鋭い光が宿る。

「一目見ただけで只者《ただもの》ではないと分かります。私とて、少しでも気を抜いたら危ない相手で——ほげーっ！」

「「「「騎士団長おおおおおおっ！」」」」

こちらもワンパンで壁ドン（違）される騎士団長。

「抜かなくても危ねえっつーの」

「き、貴様……誠に人間か？」

怒りに加え、多少の恐れも含んだジーダの問いかけに、口角を上げるマヒト。

「ああ、魔王様をぶっ倒したいと思ってる一市民だ」

「————っ！」

騎士団長を吹き飛ばすマヒトを目にしたフラウディアは、身体《からだ》を震わせた。

（……この人なら）

そして、とある思いが湧き上がってくる。

（この人なら……この人なら、本当に——）

それは神代《しんだい》の巫女《みこ》としての預言ではなかった。

一人の少女としての単なる直感。

だがそれは――

「魔王を、倒してくれる」

確信として、フラウディアの胸に刻み込まれた。

（理屈じゃありません……でも、この人ならやってくれる。お兄様……志半ばで散った貴方《あなた》の無念もきっと晴らして――）

「GRAAAAAAA！」

フラウディアの思考は、何者かの咆哮《ほうこう》によって遮られた。

「な、なぜここにスライムがいる！」

「も、申し訳ありませんジーダ様。生態調査用のものが脱走しまして」

「脱走だと？　この王城でなんたる不手際《ふてぎわ》か……まあよい、そのような下級モンスター、直ちに処理しろ」

「はっ！」

（ほっ……何事かと思いました。スライムならばほとんど害はありませんね。では改めて……お兄様、この人なら必ずや魔王を討ち倒し、貴方の無念もきっと晴らして――）

「ぐあああああっ！」

「なんでスライムに殺されそうになってるんですか⁉」

4

「ぐあああああああっ！」

薄暗い地下牢にマヒトの悲鳴が響く。

「ち、畜生がっ……こんなのと一緒に牢に入れるなんて反則だろうがっ！」

身体に纏《まと》わり付くスライムをなんとか引き剝がそうとするが、例の呪いによって力が入らず、なすがままにされる。

先程脱走したものよりも更に下級の個体——スライムの中でも最底辺に位置するランクのものがあてがわれており、即座に命の危険にさらされるようなことはないが……排除もまた、ままならない。

そして、最底辺とはいえモンスターはモンスター。その身に宿した微弱な毒素により、マヒトは徐々に蝕《むしば》まれていく。

「ふ、服がちょっと溶けてきやがった！　ちょっ……おまっ……そんなとこ！　やめっ……そこに入ろうとするのはやめろおおおっ！」

「……なんでちょっとエッチな感じになってるんですか」

上方から呆《あき》れたような声が響き、マヒトは顔を上げる。

「ん？　なんだ、さっきの姫さんじゃねえか。どうしたんだ、そんな身分のお方がこんな薄汚《うすぎた》ねえとこまで来て」

「あ、はい、私はどうしても――」

「ぎゃああっ！　離れろって言ってんだろうがお前！　そこは駄目……ん？　いや、意外に悪くねえかもしれね――じゃねえよやめろおおおっ！」

会話の途中で、再びスライムに辱《はずかし》められ始めるマヒト。

「はあ……これじゃあまともにお話が出来ませんね」

軽く溜息《ためいき》を吐《つ》いたフラウディアは、鉄格子《てつごうし》越しにマヒトに向かって手をかざす。

「【メイシャス】」

そして、その手のひらが薄い緑色に発光し――

「G……R……A…………A」

「お?」

スライムはマヒトの身体《からだ》から離れ、ジュルジュルと這《は》いずっていき、牢《ろう》の隅まで達したところで大人しくなった。

「沈静化の魔法をかけました。暫《しばら》くの間は襲ってこないはずです」

「へえ、やるじゃねえか。助かったぜ、あんがとな」

モンスターが距離をおいたことで呪いから解放されたマヒトは、立ち上がってフラウディアに笑顔を向ける。

「あ、あの……しまって下さい」

「あ?」

「お召し物がはだけてしまっています」

たしかに、スライムに纏わり付かれて床をのたうち回った結果、衣服が乱れ、肩口が相当な具合に露出していた。

「ああ、悪《わり》ぃ悪ぃ。でも、あんだけ舌入れといて、今更こんなんで恥ずかしがるなよ」

「なんで思い出させるんですか!」

顔を真っ赤にして声を張り上げるフラウディア。

「はは、やっぱりからかうとおもしれーな、お前」

「うぐっ……か、仮にも一国の姫に向かって、いくらなんでも無礼では――」

「ていうか、お前もはだけてるけどな」

「え？」

地上からこの地下牢獄《ろうごく》へと続く階段は狭い。腰から放射状に拡《ひろ》がっていくようなデザインのドレスでそこを通ってきた結果として――

「――っ⁉」

その片側がめくれ、白い太股《ふともも》が露《あら》わになってしまっていた。

「ふ、不埒者《ふらちもの》！　え、衛兵さん！　この方を捕らえて――はっ！　そもそも既に捕まってますし、衛兵さんは私が魔法で眠らせちゃったんでした！」

（……もう一人喜劇だな、これ）

フラウディアが一人でワタワタする様を苦笑しながら眺めるマヒト。

「こ、このことは絶対他言無用に願いますっ……」

フラウディアは顔を真っ赤にしながら乱れたドレスを整えた後、何回も深呼吸をしてからマヒトに向き直り、とあるものを取り出した。

「ん、なんだこれ？　ああ、さっきの聖剣か」

が、それは柄《つか》だけであり、悲しいことに本体が微塵《みじん》も残っていない。

「んだよ、とっ捕まえただけじゃ飽き足らずに、文句言いにきたのか？」

「いえ、その逆です」

フラウディアは首を横に振り、マヒトを見据える。

「刀身の方は残念なことになってしまいましたが、貴方がこれを抜いたことに間違いはありません。世界に七本しか存在しない聖剣を」

「七本？　なんだ、聖剣って一本だけじゃねえのか？」

「はい。聖剣と呼ばれるものは世界に七本存在します。そして、その剣に認められた者だけが、『勇者』を名乗ることを許されるのです」

「ふーん。じゃあ勇者も一人だけじゃねえってことか。で、そいつらは強《つえ》えのか？」

「勿論《もちろん》です。私達、人間側の最高戦力と言っても過言ではありません。上位の魔族に単体で立ち向かえるのは勇者様のみですから」

「そりゃ心強い限りだな。で、世界には他に六人の勇者が存在する、と。まあ折っちまったのは悪かったが、聖剣が唯一じゃねえんなら、致命的じゃなかったってことだな」

「…………」

「おいおい、なんだよその、どよーんとした目は」

「残念ながら、聖剣は全てが揃《そろ》わないと意味が無いのです。古《いにしえ》の伝承で『七つの聖剣が集う時、魔王に終焉《しゅうえん》が訪れる』というのがありまして……」

「なんかうさん臭《くせ》えな……そんな言い伝えなんぞ、大体眉唾だろ」

「そ、そんなことはありません。我が国の聖剣は七本の中でも最強の力を宿しているとの記述もありますし」

「最強？　あんなに脆《もろ》いのがか？　やっぱ適当じゃねえのかその伝承」

「うっ……そ、それについてはまだ調査が必要で……と、とにかく、これにはもの凄《すご》い力が秘められているはずなんです」

フラウディアは狼狽《うろた》えながらも、柄だけになってしまった聖剣への信頼をみせる。

「ま、どっちにしろ、現状で無いもんを嘆いても仕方ねえ。言ったろ。俺が魔王を倒してやるって。聖剣なんぞ関係なくな」

「……やっぱり」

「あ？」

「貴方の言葉には、不思議な力があります。理屈では説明できない何かが。私、人を見る目だけは褒められるんです。貴方は魔王打倒において、非常に重要な役割を担《にな》う方だと思います。そして――」

「そして？」

フラウディアは鉄格子の真近まで、自分の顔を近づける。

「とても綺麗《きれい》な目をしています。こんな瞳をした方が悪人のはずはありません」

「俺の目が、綺麗？」

「はい、とっても。さすがにこの場で解放という訳にはいきませんが、私がジーダにかけあって、貴方を必ず自由の身にします。それまで少し我慢していただけますか？」

マヒトはその瞳を見つめ返して、問いに答える。

「分かった、信じるぜ。お、そういえばまだ名乗ってなかったな、俺はマヒトだ」

「マヒトさん……ですか。ふふ、いいお名前ですね」

「お」

「どうしました？」

「やっぱりお前、笑ってる方がかわいいな」

「なっ！……ま、またそんなっ……ひょ、ひょっとしてマヒトさん……会う女性みんなにそんな歯の浮くようなことを言ってる……そういう類いの人なんですか？」

「いや。こんなこと言った女、お前が初めてだ」

「――っ⁉」

「おい、何赤くなってんだ。俺はただ、本当に感じたことを言ったまでだ」

「そ、そっちの方がタチが悪いですよぉ……」

「？　お前がしてくれたから、俺も素直に褒めただけなんだけどな。つーか、俺なんかよりもお前の目の方がよっぽど綺麗だと思うぞ」

「そ、そうですか？」

それもまた、偽りのないマヒトの本心だった。

フラウディアの瞳は、穢《けが》れのない純粋さを感じさせるようなものであり――それでいて、ただ清らかなだけではなく芯の強さも併せ持つような……そんな輝きを放っていた。

マヒトの脳裏には、それを一言で表現できるような、最高の喩《たと》えが浮かんでいた。

「ああ、まるでイキグサレドブウオみてえな目だ」

「世界で一番生臭いって言われるお魚じゃないですか！」

「知らねえのか？　あの魚、たしかに臭いも最低で外見もグロいけど、目だけはすっげえキラキラしてんだぜ」

「い、いや、そうかもしれませんけど……女の子に対する形容として使う生き物じゃないですよね……」

「じゃあクソオバタリアンセイウチでどうだ？」

「聞いたことない生物ですけど絶対ひどくなってますよねそれ！」

「知らねえのか？　あいつらゴロゴロしながら屁《へ》とかこきまくるけど、目だけはすっげえキラキラしてんだぜ」

「いや、普通にかわいくて目がキラキラしてる生き物にしてくださいよ……」

「めんどくせえな……」

「デ、デリカシーの欠片《かけら》もありません……最初の方、ちょっとドキッとして損しちゃいました」

「なんか言ったか？」

「はっ……な、なんでもありませんよ、あはは！」

　フラウディアは慌てた様子で、顔をパタパタと自分の手で扇《あお》ぐ。

「あ、そーだそーだ！　そ、そろそろ衛兵さんにかけた魔法が切れちゃいます。この辺でお暇《いとま》しますね」

　そして、何かをごまかすような感じでまくしたて、くるり、と踵《きびす》を返した。

　マヒトは、そんなフラウディアの後ろ姿が見えなくなって少しした頃——彼女が階段に達したくらいのタイミングで、声をかける。

「おーい、またドレスめくれないように気をつけろよ！」

「大きい声でなんてこと言うんですか！　そもそもそんなに何回もめくれる訳——ああっ！　こ、今度は反対側がっ！」

マヒトよりも大きい声で一人騒ぎ立てながら、王女は地上へと上っていった。

(……どんだけ間抜けなんだよあいつ。ま、一国の姫としてはどうかと思うが、一人の人間としては好感が持てるわな)

そんな感想を抱きながら、マヒトは目前の鉄格子《てつごうし》に視線を向ける。

(スライムが離れて呪いが発動していない現状……これをブチ破って脱獄すんのは造作もねえが……出してくれるっつう姫さんの言葉を信じて待つとするか)

マヒトはスライムとは対角線上の隅に、どっかりと腰を下ろした。

「まあ、あいつがいつまで大人しくしててくれっか、ちと不安だ――ん？」

セリフの途中で上方に妙な気配を感じて視線を向ける。

「……なんだ、ありゃ？」

浮いていた。

何か、魔方陣のような幾何学模様が牢屋《ろうや》内の中空に浮かび、淡く発光していた。

それをマヒトが認識した次の瞬間――

「うおっ！」

魔方陣は眩《まばゆ》く光り、そこから出現した何者かが、目の前に降り立った。

「あれ？　なんでこんなとこに出ちゃったのかな？……およ、これってもしかして牢屋？

うわー、なんか黴臭《かびくさ》いなー」

「ん？　お前は——」

物珍しそうに獄内を観察するその少女には、見覚えがあった。

「さっきの勇者候補のねーちゃん？」

5

「おや、そういうおにーさんはさっきの、痴女に被害を受けてた偽《にせ》勇者の人」

「ハハッ！　おもしれーな、お前。てかどうしたんだ？　魔方陣で元いた場所に戻ったんじゃなかったのか？」

「あ、そーなの。ちゃんと帰れて、家でゲームでもしようと思ったんだけど——ちょーっとばっかし、こっちに用事ができちゃってさ。戻ってくることにしたんだ」

「用事？」

「うん。もう一回お願い！　って祈ったら、目の前に魔方陣が出てきてさー」

（……妙だな）

人間側の魔法体系には疎《うと》いマヒトだが、転移術式というのが、生半可なものではないのは理解している。魔族の魔力を以《もっ》てしてさえ、転移には相当な下準備を要する。それを人間が――ましてや『勇者適性値が高い』などという条件まで設定して――行うとなれば、一朝一夕にはいかないはずだ。だからこそ王女はあそこまで落胆していた。

それを、願っただけで再発動させたということは――

（こいつに何か特別な力があるか、あるいは――）

「ま、それはそれとしてー」

マヒトの思考は、少女の能天気な声で中断された。

「ところでこれ、どういう状況？　おにーさん、なんで捕まってんの？」

どうやら物怖《ものお》じしない性格らしく、いきなりこんな所に放り込まれても、恐れや不安を抱いている様子はない。

「ああ、お前が帰ったあと、俺が聖剣を抜いてな」

「え、あれ抜いたの？　凄いじゃん！」

「その後、折った。んで、捕まった」

「あはは！　ウケる！」

少女は屈託なく笑ったあと、マヒトに向かって手を差し出した。

「まあこんなとこで会ったのも何かの縁だよね。私は天ど――あ、こっちでは多分そうじゃないよね。ヨーコ……ヨーコ・テンドーっていうんだ、よろしくね！」

「マヒトだ」

自分も名乗り、差し出された手を握る。

「マヒト……うん、じゃあマッヒーだ！」

「マッヒー……」

「ありゃ、駄目だった？　ちょっち捻《ひね》りが足りないかな？　マヒンガーZとかにする？」

……よく分からないが、後者は何か危険なにおいがする。

「いや、マッヒーで構わねえ」

「やった！　そんじゃ、改めてよろしくね、マッヒー」

ヨーコは再び手を差し出してくる。

「ああ、よろしくな、ヨーコ」

あたかも慣れ親しんだ友人のような気安さのヨーコだが、ここまでで判明したのは名前と、ふざけた人間であるということだけだ。差し当たって尋ねるべき事柄は――

「ヨーコ、お前こっちに用事が出来たっつってたよな？」

「あ、うん。ちょっと家庭のジジョーってやつ。魔王を倒さなきゃなんなくなったんだ」

「――魔王を？」

「そーそー。まあ需要と供給が合致したってことで、丁度よかったんじゃないかな。私って勇者なんでしょ？」

「まあそうらしいな」

先程の時点では、魔王を打ち倒そうとする意志が無いということで聖剣は抜けなかったが、勇者適性値自体は９９９と言われていた。

果たしてそれがどの程度のものなのかは分からないが、フラウディアやジーダ達の反応から察するに、事実上の最高値ということなのだろう。

マヒトがそんな思考を進める中――

「シュッ！　シュッ！　シュッ！」

「何やってんだ？」

見れば、少女は何やら中腰で身体《からだ》を捻った構えをとり、腰の回転と共に、右手を後方から前方へ振り切る、という動作を繰り返していた。

「ん？　勇者だっていうんなら、もしかしてストラッシュ的なものが出せるかなー、と思って。勇者の剣技っていったらこれだからね！」

「ちょっと何を言ってるのかは分からんが……剣技なら素手で出せる訳ねえだろ」

「あはは！　だよねー」

ヨーコはからからと笑い、頭を掻《か》いた。

「じゃあもう一個の選択肢。勇者といえば剣だけじゃなくて、魔法！　私が転移してきたってことは、魔法的な概念は存在するんだよね？　そっちは何か、発動する為《ため》の道具が必要だったりするの？」

「いや、媒介となるような補助具を使用することもあるが、基本的に魔法は、そいつの体内で練り上げるもんだ」

「あ、ラッキー。じゃあ、ちょっと試してみよっと」

ヨーコは右手を上方に突き出し、左手でその手首を摑《つか》む。

「う、うおおおおおおっ」

「何やってんだ、お前？」

「いやー『俺の右手が疼《うず》く！』みたいなノリで」

「ちょっと何を言っているかは分からんが……適当にやっても魔法は出ねえぞ」

「あ、やっぱ勢いだけじゃ駄目なんだね。なんか名前とか叫ぶ必要ある？」

「いや、俺もお前らの魔法については詳しい訳じゃねえが、特殊術式を除いて、詠唱や名称を口にする必要はないはずだ。まあ形式として声に出す奴《やつ》も多いけどな。なんにせよ最初に試すなら【ファイヤーボール】とかいうやつじゃねえか？」

「【ファイヤーボール】？　マジで？　うわー、相変わらず何の捻りもない世界だなー。邪王炎殺的なものとかないんスか、旦那」

「だから何言ってるか分かんねえっつーの……まあとにかく、魔法の発動にはイメージが大切だ。自分の魔力を一点に集中させて……ガッ！　といくイメージだ」

「うーん、いまいち分かりにくいなあ」

「ああ、最後の部分だけじゃ駄目だよな。まず体内でグオオッ！　って集めて、それをギューンッ！　て感じに濃縮させて魔術回路に流し、それを手なり他の部分なりから、ガッ！　と解放する感じだ」

「あはは！　擬音ばっかりで全然分かんない。昭和の野球スターの人みたい！」

「……ぐ」

ショーワもヤキュウスターも意味不明だが、自分でも伝えるのが下手すぎるとは思う。

「ま、まあ俺は教えるのはちと苦手だが、そんなのは関係ねえ。魔法はそんな一朝一夕で出せるようになるもんじゃねえからな。俺でさえ最初の時は相当鍛錬して——」

「グオオッ！……ギューンッ！……ガッ！……あ、できた」

「……は？」

ゴ……ブオオオオオオオオオオオッ！

少女の手のひらの上には燃えさかる火球が出現していた。

いや、それは火球というよりも——

「お前でけえよ！　こんなせめえとこでそんな出力上げんじゃねえ！　しかもなんだそのぐっちゃぐちゃな形は！」

「あはは！　ごめんごめん、なんか加減がきかな——ってあつっ！　あっっっつう！」

歪《いびつ》な火球は更に勢いを増し、火柱といった方が相応《ふさわ》しい形になって噴き上がった。

「うわっちゃちゃちゃちゃ！　どうどう！　どうどうどう……お、なんか良《い》い感じの大きさと形になったよ！　なるほど、集中すれば制御もそんなに難しくないね」

（驚いたな……この暴力的なまでの魔力純度、しょっぱなでこんな芸当ができんの、魔族でもそうそういねえぞ。勇者適性値９９９９ってのはこういうことだっ——）

じゅううううううううう。

「……おい、何やってんだお前」

「いや、こんだけ熱ければ、押しつけてみたらこの鉄格子《てつごうし》、どうにかできるかなーって」

「……まあ、できるだろうな」

じゅううううううううううう。

「溶けてるね」

「……溶けてるな」

「これ、出られるよね」

「……ああ、出られるな」

「ラッキー」

「あ、バカ、ちょっと待っ――」

「イェイ！　脱獄かんりょー！　ファンタジー世界のお城探索しよーっと！」

ヨーコは止める暇もなく、熱で溶けた箇所からするりと抜け出していってしまった。

「いや、この状況でそんなことしたらお前――」

「だ、脱獄だあああああああああっ！」

「……ま、そりゃそうなるわな」

6

「何考えてんだあいつは……」

マヒトは呆《あき》れたように牢屋《ろうや》内の天井を仰ぐ。

先程の召喚時に居合わせなかった兵士であれば、あの見た目のヨーコが勇者候補だとは想像もつかないだろう。

見慣れぬ人間がこんな時間に牢の敷地《しきち》内をほっつき歩いていれば、脱獄を疑われるのは当然……よくて不法侵入者だ。

「ちっちっち。私は別に悪いことしてないし捕まってた訳じゃないよん。あ、でもごめんなさい。マッヒー——マヒトって人の牢屋の鉄格子、思いっきり溶かしちゃった」

「な、なんだと⁉ 重罪人の逃走幇助《ほうじょ》ではないか！」

ここからでは視認できないが、不穏すぎるやりとりが耳に入ってくる。

「あ、あいつふざけやがって……こっちには姫さんとの約束が……いや、こ、こうなってる時点でもう意味ねえか……」

無惨《むざん》に融解した鉄格子の一部に視線を向け、うんざりするマヒト。

この状況ではマヒトも脱獄犯の誹《そし》りを受けることは必至。

とりあえず、これ以上ヨーコが余計なことを言わないように黙らせるのが最優先だろう。

マヒトは渋々、融解した鉄格子を潜《くぐ》り抜けて牢の外に出る。

薄暗い通路を歩き、暫《しばら》く進んだマヒトが目にしたのは——

「あ〜れ〜」

縄でグルグル巻きにされているヨーコの姿だった。

「あ、兵士のお兄さん、なんか縛るの上手だね。そういうの好きなの？　いやん、エッチ」

「無駄口を叩《たた》くな不審者め！」

「……何やってんだお前」

マヒトは呆れながらヨーコを見下ろす。

「あ、マッヒーだ、ヤッホー」

「何がヤッホーだ……あんな威勢良く出てったくせに、簡単に捕まってんじゃねえよ」

「いやー、まだ魔法を人に使うのはちょっと怖くてさー。火傷《やけど》とかさせちゃったら悪いし。ほら、私、リョーシキの塊だから」

「良識ある奴はそもそも脱獄しねえよ」

マヒトとヨーコが、緊張感の無い会話を交わす中、

「き、貴様っ……」「て、鉄格子を溶かしたというのは本当だったのか！」「お、応援だ！　応援を要請しろ！」

その場にいた数人の兵士達が、マヒトとヨーコをずらりととり囲んでいた。

「あー、待て、待ってくれ。俺はすぐ牢屋に戻るから、こいつの縄だけほどいてやってくんねえか？　お前らは知らねえかもしれねえが、こいつ、召喚された勇者候補なんだ」

「おー、マッヒー優しい～」

「こんな囚人見たことあるか？　なんだったら昼間、召喚の時に立ち会ってた奴を呼んできて確認してもらってもかまわねえ」

「た、たしかに女の囚人なんてここにはいないはず……」「召喚された勇者様は黒髪の若い女性だったという話は聞いたな……」「お、おい、どうする……」

兵士達がざわつき始める。

マヒトは両手をあげ、抵抗する意思の無いことを示している。このままいけば丸く収まりそうな雰囲気になってきた。

「そーそー。私はなんの罪もないピッチピチのＪＫ勇し――へ、へくちょんっ！」

ブボオオオオオオオオオオオオオオオオオオオオオオオッ！

ヨーコのくしゃみと共に、通路内を猛火が駆け巡る。

「うおおっ！」「ぎゃあああっ！」「ひいいいいっ！」

直撃することこそなかったが、無軌道な炎は兵士達を掠《かす》めていった。

「へ、兵士さん達ごめん！……だいじょぶだった？」

「大丈夫な訳があるかあっ！」「油断させておいての不意打ちとは……この悪覚め！」「捕らえろ！　こんな危険人物が勇者様のはずがない！」

「……ヨーコテメエ、わざとやってんのか？」

「あ、あははー……ごめんちゃい」

暴走した炎の余波で縄は焼き切れ、自由の身になったヨーコだが、さすがにバツが悪そうに両手を合わせる。

「ちっ……どうやって収拾つけたも――」

「マ、マヒトさん……これは一体、どういうことですか」

聞き覚えのある声が響いた。

「あー、姫さん来ちまったか……」

兵士の後ろにフラウディアの姿を認めたマヒトは、顔を顰《しか》める。

「や、約束したのになんで……って、一緒にいるの、勇者様じゃないですか⁉」

「あ、ビッチ姫だ、ヤッホー」

「第一声がそれっておかしくないですか！」

フラウディアは思わず大声でツッコんでしまってから、周りにいる兵士達の視線に気付き、はっ、となる。

「ご、ごほん……へ、兵士の皆さん、この二人の身柄は私が保証しますので、ここは任せていただけないでしょうか」

「はっ！」「姫様がそうおっしゃるのであれば！」「失礼しました……誠に勇者様だったのですね」

「ありがとうございます」

フラウディアは優雅に微笑《ほほえ》んで、マヒトとヨーコの方へ歩みよっていった。

「助かったぜ姫さん。約束を破っちまったのは申し訳ねえが……」

「あ、いえ、何かやむにやまれぬ事情があったんですよね？　勇者様のことも含めてお話を——ひゃああっ！」

フラウディアはマヒトの眼前で、前のめりにバランスを崩し——

むにゅん。

助けようとして伸ばしたマヒトの手は、ジャストパイタッチ。

「「あ」」

「うお、悪《わり》ぃ。狙った訳じゃ——」

「いやああああああああああああああああああああああああっ！」

「ひ、姫様っ！」「こ、殺せえっ！」「姫様から離れろこの性犯罪者め！」

「お前わざとやってんじゃねえだろうな！」

「ち、違いますよぉ……」

顔を真っ赤にして否定するフラウディア。

「う、うう……ご、誤解なんです、兵士の皆さん。今のは私のドジで――」

「ワーッハッハッ！　今更気付いたか馬鹿共！　テメエらの姫は人質に取ったぜ！」

「マ、マヒトさん？　ちょっ……」

マヒトはフラウディアの首に手をかけ、羽交い締めにする。

そして、王女だけに聞こえるような音量で囁《ささや》く。

「フリだけだ。悪いようにはしねえから大人しくしててくれ」

「な、なんでこんなこ――」

「オラオラ！　姫様の命が惜しかったらとっとと道をあけろやコラ！」

「ぐっ……」「こ、この卑怯《ひきょう》者め……」「お、おのれ……」

「ヨーコ。お前はここに留《とど》まって大人しくしてろ。ちゃんと事情を話せば国賓扱いしても
らえると思うぜ」

「いやいや、マッヒーについていった方が面白そうですなぁ。いー感じに悪い顔してますぜぇ、旦那」

「ハッ、そーかよ、じゃあ勝手にしろ」

マヒトはフラウディアを拘束したままヨーコを伴って、退いた兵士達の間を通り抜ける。

「ちょ、ちょっと何してるんですかマヒトさん！　私に任せてくれればもっと穏便に――」

「いい国だな」

「え？」

「お前のことで兵士達が本気で怒ってる。ありゃ仕事の義務感からじゃねえ。自分の家族が捕まってるみたいな反応だ」

「え、ええ、皆さん本当によくしてくれて……って、今そんなこと話してる場合じゃありませんよ！　なんでこんな馬鹿な真似《まね》を……」

「いや、あれだけ本気なやつらの誤解を解くのはなんかめんど臭《くせ》えなって」

「め、めんど臭いって……」

「それと、あそこからまた弁解しようとしても、どうせお前のドジが発生して余計ややこしいことになる予感しかしねえんだよ」

「そ、そんなことはっ……ある……かもしれませんけど」

「それにな。ここまで騒ぎになっちまった以上、俺のことかばったりしたら姫さんの立場が悪くなるぜ。お前の信頼が厚いのは間違いねえ。だが、国ってのは生き物だ。王城内の関係者、全員が味方なんてことはありえない——絶対にだ」

「そ、それは……」

「さっきの召喚の間でも、姫さんにあんまり好意的じゃない奴《やつ》が数人はいたぜ。もちろん、表立って態度には出してなかったがな」

「そ、そんなところまで見てたんですか……」

「俺が悪人だってことにした方が、姫さんの傷は少なくて済むと思うぜ」

「わ、私のことはどうでもいいんです！　問題なのはあなたの——」

「性に合わねえんだよ」

「え？」

「チマチマ言い訳して許してもらおうなんざ、柄じゃねえんだよ。お前、何か勘違いしてるみてえだがな。俺は聖人でも善人でもない……邪魔する奴は全員ぶっとばすまでだ」

マヒトはニイイ、と唇《つ》を吊り上げた。

「つー訳で、トンズラさせてもらうぜ。安心しろ。牢《ろう》の約束は破っちまったが、魔王を倒すって方だけは絶対に守るからよ」

「で、ですからそれは私達と協力して――」

「おっと、そろそろ外に出るぜ」

地上へと続く階段を上りきり、更に屋外へと繋《つな》がる扉に手をかける。

そこは、広々とした中庭のようになっていた。

王城の敷地《しきち》内ではあるが、先程の召喚の間や執務・居住エリアとは隔絶された監獄棟。

四方を石壁がぐるりと囲み、その上部には棘《とげ》の付いた鉄柵が屹立《きつりつ》し、万が一にも脱走を許すまいとそびえ立つ。

が、マヒトの前に立ちはだかるのは、無機物だけではなかった。

「おーおー、随分お早いご到着だな」

兵士が要請したと言っていた応援の兵士が数十名。その後ろには魔術師らしき面々が臨戦態勢でこちらを睨《にら》み付けている。

そして、それらを率いているのは、

「貴様……死ぬ覚悟は出来ておろうなこの外道がっ！」

興奮で顔を真っ赤にした宰相ジーダだった。

「あー、またアンタかじーさん。あんまし興奮すると身体《からだ》に悪いぜ」

「黙れ！　早急に姫様を解放しろ！　さすればこの場で命を奪うことだけは勘弁してやる！」

「はは、やっぱ愛されてんな、お前」

「マ、マヒトさん、そんなこと言ってる場合じゃ……」

フラウディアがあわあわする中、

「そーだよおじーちゃん。血圧上がって倒れても知らないよー」

「ゆ、勇者殿っ？……なぜそこに……まさかその罪人に加担しているのですかっ！」

「ふふん。そーだよー。ちょっとでも動いたらお姫サマの顔、こんがり焼いちゃうよー」

手に炎を出現させて、悪い顔で笑うヨーコ。

「お、おのれ……能力上の適性はあっても精神は勇者とは程遠い悪女であったか！」

怒りに身を震わせるジーダを見て、フラウディアはヨーコにそっと話しかける。

「ヨ、ヨーコさん。お芝居なのは分かりますけど、ジーダは沸点が低いので程々にしてもらえると……本当に倒れてしまいそうですので」

「オッケーオッケー。じゃあ私はやめるから、お姫サマが『まさぐられるううう！』とか『揉《も》みしだかれるううう！』とか叫んでちょ」

「そんなはしたないこと言える訳ないじゃないですか！」

「ははっ。お前ら全然緊張感ねえな」

「いや、この状況で楽しそうにしてるマヒトさんに言われたくないんですけど……」

「ま、安心しな。兵士共には怪我《けが》させねえようにするか――」

「騒がしいぞ、静まれ」

　その場に、声が響いた。

「あ？　誰だ？」

　月の光を受けて輝く銀髪に、一見して女性ともとれる端整な顔立ち。身に纏《まと》うは煌《きら》びやかな装飾が施された漆黒の外套《がいとう》。

　フラウディアはその男を見て、顔を青くしながら口走った。

「あ、兄上……」

7

　その男の登場により、場の雰囲気が明らかに変化した。

「ジーダよ、これは一体どういうことだ」

男が一言発しただけで、辺りが凍《い》てつくかのような緊張感に包まれる。

「も、申し訳ございませんアーサー様！」

ジーダ以下、兵士魔術師達は一斉に膝を突き、頭《こうべ》を垂れる。

その様子を見たマヒトは、フラウディアに問いかける。

「おいおい、なんだあの偉そうなのは？　まあお前の兄ちゃんってことは――」

「……はい、いずれこの国の王になられる方です」

(成程な……まあ中々の雰囲気持ってるじゃねえか)

微動だにしない臣下達のその反応からだけでも、彼の統率者としての資質が窺《うかが》える。

(ま、こういう圧で支配する感じのは、俺の好みじゃねえけどな)

兵士達の顔は緊張の極みにあり、中には少し震えている者さえいる。

この場にいる人間のほとんどは、アーサーの存在自体に気圧《けお》されてしまっていた。

それに呑《の》まれていないのはマヒトと、

「おおー、なんか高そうな服着てる人キター」

ジョシコウセイという肩書きの、素性不明の少女のみ。

「おい」

そこでアーサーがマヒトに視線を向ける。

「茶番はよせ」

アーサーは、全てを見透かすかのような鋭い視線を突きつける。

「貴様が愚妹に危害を加える気が無いことは一目瞭然。時間の無駄だ。さっさと解放しろ」

「ハッ、よく見てるじゃねえか」

マヒトは不敵に笑い、フラウディアの背中を軽く押す。

「ほらよ、行きな姫さん」

「え？……で、でも……」

「いいから行けって。これ以上はお前の兄貴の言う通り、ただの茶番だ」

「は、はい……」

フラウディアは何度も振り返りながら、兄の方へと歩いていった。

そしてアーサーは、未《いま》だに膝を突いたままの臣下達に言葉を投げる。

「いつまでそうしているつもりだ。さっさと立て」

「「「ははっ！」」」

それに従い、一斉に立ち上がる数十人の兵士と魔術師達。

同様に立ち上がったジーダは、親の敵でも見るような目でマヒトとヨーコを睨み付ける。

「ここからはお任せくだされアーサー様。ただちにあの罪人を捕らえて——」

「必要無い」

「え？　ア、アーサー様、それはどういうことでございましょうか？」

「分からぬか？　あの者達にはこちらへの害意が全く無いことを。構わん。このまま見逃してやれ」

「お、お言葉ですがアーサー様、あの者が犯した罪は重いですぞ」

「重い？　台座の強度にも負けるような駄剣を折ったことがか？　ならばそれまでのものだったということだろう。もっと合理的に考えろ」

「し、しかし、兵士達に危害を加え、あまつさえ姫様までも——」

「くどい」

「——っ！」

その言葉だけで、宰相の顔が蒼白《そうはく》になる。

「貴様は相手の力も推し量れんのか。あやつらを捕らえようとすれば、このような戦力では到底足りぬわ」

「お、仰《おお》せのままに……出過ぎたことを申し上げました」

「おー、なんだかできた人っぽいね。逃がしてくれるみたいだよ」

「ああ、ちと拍子抜けだがな。ま、やり合わなくて済むんならそれに越したことはねえな」

アーサーが方針を示したことにより、場の空気が少し緩んだものになる。

「あ、兄上……」

そこで、アーサーの傍《かたわ》らに辿《たど》り着いたフラウディアが、おずおずと声をかける。

「お、お手を煩わせてしまい、申し訳ございません」

「いい。怪我はないな」

「はい……丁重に扱ってくれましたので」

「そうか」

「あ、あの……兄上」

「なんだ？」

「兄上もお察しの通り、あちらのお二人……マヒトさんとヨーコさんは大きな力を有しています。是非ともこの城に逗留《とうりゅう》していただき、魔王討伐にお力添えを願えればと思っております。ライアスお兄様の無念を晴らす為《ため》にも――っ⁉」

乾いた音が響いた。

「あ、兄……上？」

アーサーがフラウディアの頬を張った音だった。

「忘れたのか。私の前で奴《やつ》の名前を出すなと言ってあるはずだが」

「申し訳……ありません」

フラウディアは頬を押さえ、俯《うつむ》きながら声を震わせる。

「お前も王族の端くれだろうが。賊に捕らえられるなどという醜態――二度と晒《さら》すなよ」

「……はい」

「近く、例の学園の試験を受けるそうだな。我が国の名を汚すようなことがあれば、二度とこの王城の門を潜《くぐ》れないと思え」

「分かり……ました」

有無を言わさぬその口調に、フラウディアは萎縮しきっていた。

「ああ、そういえば。奴もその学園に通っていたのだったな。まあ勇者にもなれず、おめおめと逃げ帰ってきたような愚図《ぐず》ではくたばって当然というところか」

「ア、アーサー様、流石《さすが》にそれはっ……」

「なんだ、宰相。よもやこの私に意見するのか？」

「い、いえ……」

反論しかけたジーダだったが、アーサーに威圧され、目を背ける。

「……訂正してください」

「何？」

「兄上、私のことはどうおっしゃられても構いません。ですが、この国の……国民の皆さんの為に命を懸けて戦ったライアス兄様は愚図ではありません。訂正してください」

言われるがままだった先程までとは違い、フラウディアの目には決意の色がみてとれた。

「兄上が兄様と折り合いが悪かったのは存じています。ですが、反論も叶《かな》わぬ故人を一方的に悪し様《あざま》になじるというのは王族として——っ!?」

フラウディアは言葉の途中で、膝を突いた。

そこにいた者は皆、己の目を疑った。

「か……はっ……」

アーサーは、実の妹の鳩尾《みぞおち》に躊躇《ためら》いなく拳を叩《たた》き込んだのだ。

「妾腹如き《しょうふくごと》が私に王族の何たるかを語るなど、勘違いも甚だしい。ん？　なんだ、その反抗的な目は。それ以上何か囀《さえず》るようならば、二度と口が聞けないように黙らせて——」

「黙るのはテメエだ」

声と共に、何者かの影が視認できない程の速さで飛び込んで来た。

そして――

「――っ!?」

その者の拳がアーサーの頬に炸裂《さくれつ》し、未来の王は地面に叩き付けられる。

それを見下ろした元魔王は、怒りと共に言い放った。

「テメエに王の資格はねえよ」

8

「ア、アーサー様！」

王子が殴り飛ばされるという尋常ならざる事態に、兵士達に動揺が走る。

いや、動揺どころの騒ぎではない。あってはならない未曽有《みぞう》の大失態だ。

「騒ぐな」

しかし、暴行を受けた当の本人は何事もなかったかのような涼しい顔で立ち上がる。

「成程……騎士団長を一蹴したというだけのことはあるな」

「あ？　顔面ぶっ潰す勢いで殴ったんだがな」

まだ怒りが収まらない様子のマヒトだったが、アーサーからは一時的に視線を離し、地面に膝を突いているフラウディアに語りかける。

「姫さん、大丈夫か？」

「は、はい……で、でも駄目ですマヒトさん。相手は一国の王子です、これ以上やったら取り返しがつかなくなります！」

「肩書きなんざ関係ねえよ。少なくともお前が受けた痛み分は返してやらなきゃ、俺の気が済まねえ」

「わ、私のことはいいですから……」

「無理すんな。兄ちゃんのこと侮辱されて、悔しかったんだろ？」

「そ、それは……でもこれ以上は物理的にも不可能です。あの人は、この国随一の魔術師でもありますから」

「だろうな。瞬間的に防御魔法を展開しやがって、ちっとも効いてる様子がねえ。術式の構築もそうだが、反射神経も中々のもんだ」

「何やら余裕ぶっているが、彼我の戦力差も測れんのか野蛮な猿は。先程、貴様の力を認めるような発言はしたが、それはあくまでここにいる雑魚《ざこ》共を相手取った場合のこと。私相手には通用しない。貴様の拳なぞ羽虫に刺された程度にも感じぬわ」

「あっそ。どうやら王子サマはお強いみてえだから、すこーしだけ力込めても問題ねえな」

「無駄だ。私の固有術式【絶隔蒼壁《ノーブル・キーパー》】の前ではどのような衝撃も意味をなさな――あんぎゃあああああああああああああああああっ‼」

ごしゃり、という音と共に術のシールドが潰れ、その奥にあったアーサーの顔面も、無惨《むざん》な音を立てる。

「あ……が……あががが っ!」

「お、顎外れたくらいですんだのか、流石《さすが》は王国随一の魔術師様だな」

「な、ななな、なんということをっ!……」

ジーダや兵士達が、あまりの事態に戦《おのの》く中、

「ぱちぱちぱち。おー、痛快痛快! マッヒーやるねえ」

ヨーコだけは呑気《のんき》に拍手を送っていた。

「忠告聞かなくて悪《わり》ぃな姫さん。どうしても一発かましてやんなきゃ気が済まなかった」

「き、気が済まないって……そんな簡単に言いますけど、兄上のあの術式……並の魔法なら完璧に無効化しちゃうくらいの防壁なんですよ」

「ああ、だからちょっとだけ力を入れて殴った」

「い、いや、そういう問題じゃ……マ、マヒトさん、あなた一体何者なんですか……」

「だから言ったろ。魔王をぶっ倒したいと思ってる、ただの一市民だって」

「そ、そんな訳ないじゃないで――」

「あああああああああああああああああああっ！」

がぎり、という音がしてアーサーが立ち上がる。

「お、自分で顎嵌《は》めたのか。なかなか根性あんな」

「ふざけるな貴様ぁっ！」

先程までの理知的な様子はどこへやら、口の端《はし》に泡を溜《た》めながら激昂《げっこう》するアーサー。

「殺せ……」

そして、地の底から響くような昏《くら》い声を発した。

「殺せ……この大罪人を今すぐ殺せ！」

「「「ははっ！」」」

その命に従い、兵士達は一斉に剣や槍《やり》を構え、臨戦態勢をとる。

「おいおい、この兵士共じゃ俺の相手にならないって言ったのお前じゃねえか」

「黙れ……おい、何をぼさっと突っ立ってる！　早く殺せぇっ！」

「「「「た、直ちにっ！」」」」

「初見ではちっとは見所があると思ったんだがな……完全に小物じゃねえか」

マヒトは呆《あき》れたように嘆息し、向かってきた兵士達と相対する。

「べつに戦《や》んのは構わねえけどよ。お前らあの王子の命令に従ってて反吐《へど》が出ねえのか？」

「な、なんだと……」

先陣を切ろうとしていた兵士の足が止まる。

「妹に手をあげ――劣等感でも抱いてたんだかなんだか知らねえが――死者を執拗《しつよう》に辱《はずかし》めるような暴言を吐くクソ野郎の言うこと聞いてて楽しいのか、って聞いてんだよ」

「だ、黙れ……命令は絶対なのだ」

「ハッ、なんだそれ。本心では従いたくないって認めてんじゃねーか」

「うっ……」

後に続く兵士達の足も止まる。

「何をしている貴様ら！　王族の命に逆らうのがどれだけの重罪か分かっているだろうが！　その咎《とが》は一族郎党にまで及ぶぞ！」

「馬鹿かよ。この流れで脅してどうすんだよ、空気読めねえなあ。みろ、兵士共ドン引きしてんじゃねえか」

「だ、黙れ黙れ！」

「おいお前ら。主君の命令の重さは分かるぜ。だがそいつが明らかに間違ってると思ったら、止めてやるのが臣下の努めなんじゃねーの？」

「ば、馬鹿な、そんなことができる訳が……」

「俺だったら道を間違った時、部下が意見してくれたらありがたいけどな」

「い、いや、今はそういう話では……」

「あはは！　兵士さん達、難しく考えすぎじゃないかな」

　そこで、ヨーコがいきなり会話に割り込み、そして——

「質問でーす。こっちだって思う人の方を見てね。マッヒーと王子サマ、顔面ボッコボコにされて、スカッとするのはどっち？」

　不意打ちのように放たれたその問いかけに……ほぼ全ての兵士がアーサーの方へ、一瞬視線を向けた。

「はい、よくできましたー」

「き、貴様らっ……」

　兵士達は、はっ、と息を呑《の》むが、既にしてしまった反応は取り消せない。そしてそれは、反射的ゆえに、彼らの偽らざる本心でもあった。

「お、おのれ……我が生涯において……最大の屈辱だ……」

アーサーは怒りに身を震わせ、そして、

「……フ、ハハハッ！」

突如として、笑い出した。

「なんだ？　あまりの人望のなさにおかしくなっちまったか？」

「そうではない……貴様らが救いようのない屑《くず》だということが確認できて嬉《うれ》しいのだ……そんな奴《やつ》らは生きてる価値がないよなぁ」

そう言って、今度は薄気味悪い笑みを浮かべ、懐《ふところ》から何やら水晶のようなものを取り出した。

「【万魔牢《リベレーション》】」

アーサーが何やら呪を唱えた次の瞬間、大量の土煙が発生し――

「GOAAAAAAAAAAAAAAAッ‼」

その中から現れたのは異形の魔物。

「ミ、ミノタウロス……」

身の丈が成人男性の二倍はあろうかという、牛頭の怪物がそこに屹立《きつりつ》していた。

9

「ば、馬鹿な……こんなものが一体どこから湧いたというのだ」

呆然《ぼうぜん》とする宰相ジーダの視線が、アーサーへ向けられる。

「ア、アーサー様、まさかこれは……」

「魔物を魔水晶に封じ込め、任意に出現させる【万魔牢《リベレーション》】──所謂《いわゆる》禁呪だが、それがどうした」

「なっ……ぜ、全世界的に使用が禁じられている危険指定魔法ではないですか……いくら王族といえども重罪ですぞっ……」

「知ったことか。我が国のような弱小国家が対魔族において列強と肩を並べるには、手段を選んではいられん。人間が役に立たんのであれば、敵の力でもなんでも使用するしかあるまい。お行儀よく倫理を守っていれば魔族が倒せるのか？」

「そ、そういう問題ではございません……しかもこんなレベルの魔物を……せ、制御はできているのですか？」

「まだ実践投入の段階ではない。無理矢理脳に刷り込めたのは精々、この私を攻撃するな、という命令くらいだ」

「な、なんですと！　それではほとんど無差別に——」

「「「うわあああああああっ！」」」

ジーダのセリフを遮るようにして、兵士達が吹き飛ばされた。

ミノタウロスは手にした斧《おの》を振るうことなく、反対側の手を軽く薙《な》いだのみだったが
——

「あ……う……」

兵士達は呻《うめ》きながら横たわり、誰一人として立ち上がることができなかった。命に関わる怪我《けが》こそないようだったが、ただの一薙ぎでこの始末——戦闘力の差は歴然だった。

「ア、アーサー様、今すぐおやめください！」

「黙れ。私を虚仮《こけ》にした人間を生かしておくことはできん。それに、この程度の攻撃にも耐えられぬような軟弱な兵など——私の命に従わない愚か者など、存在する価値はあるまい」

「くっ……」

アーサーをこれ以上説得しても無駄と悟った様子のジーダは歯噛《はが》みして、視線を別方向に向ける。

「魔術師達よ、あの魔物を攻撃せよ！」

「【ファイヤーボール！】」「【ファイヤーボール！】」「【ファイヤーボールッ！】」

その指示により、彼らは一斉に火球を放つが――

「…………GU？」

「なっ……」

ミノタウロスの体表には、火傷《やけど》一つ見受けられなかった。

「なんという耐久力か……」「我々の日々の研鑽《けんさん》は一体なんだったというのだ……」「こ、こんなモノ、どう対処しろというのか……」

絶望の表情を浮かべるジーダや魔術師達の様子を見て、アーサーは喜色を浮かべる。

「ハハハッ！　見たか私の研究成果を。このミノタウロスは各部を弄《いじ》って強化済みだ。【ファイヤーボール】などという基礎魔法如《ごと》きで――」

「GYAAAAAAAAAAAAッ！」

ミノタウロスの頭部付近で、とてつもない規模の爆発が起こった。

「……え？」

目を見開くアーサーの視線の先、ミノタウロスはその巨体をぐらり、と傾かせ――

「G……U……」

地鳴りのような衝撃を伴い、その場に倒れ伏した。

「だ、誰だっ！　誰が一体こんなことをっ……」

「ほーい」

お気楽な返事と共に手をあげたのは、ヨーコ。

「ゆ、勇者もどきの小娘……貴様一体何をしたっ！」

「え？　今、王子サマが言ってた【ファイヤーボール】打ったんだけど」

「ふ、ふざけるなっ！　あんな威力の【ファイヤーボール】があってたまるか！」

「えー、そんなこと言われてもなー。てゆーか王子サマ、魔族倒したいからわざわざイケナイ研究してたんでしょ。その成果物よりも、イケナクない私の方が強いんだったらそれで万々歳じゃないかな？　それとも私の身体《からだ》も色々イジってみる？　いやん、エッチ」

「き、貴様……愚弄しているのかっ！」

「あ、ごめんちゃい。でもそんなに真っ赤にならなくてもいいんじゃないかな。あ、王子サマ、もしかしてドーテー君？」

「なっ……どっ……どうっ……」

ヨーコに煽《あお》る気は一切なく、素での発言だったのだが、余りの無礼にアーサーは言葉を続けられない。

立場上、望めば大抵の女性は手中にできるはずのアーサーだが、実は激しく奥手であり、ヨーコの指摘が的を射ていたのも怒りを助長させた要因だった。

「あはは～。まあ私も乙女だからお互い様ってことで」

「貴様の性遍歴など聞いておらんわ！」

「ははは っ！　だ、駄目だ、我慢できねえ……腹いてえっ！」

堪《こら》えきれなくなったマヒトは激しく噴き出す。

「ビッチに童貞……お、お前ら、兄妹で俺を笑い死にさせる気かっ」

兵士達に治癒魔法をかけていたフラウディアは、マヒトへ非難の目を向ける。

「そこで私を巻き込まないでくれませんかね……」

とはいえ、王女の口調はどこか冗談めいていたが――

「……殺す」

対照的に本気の怒りを滾《たぎ》らせたアーサーは、目を血走らせていた。

そして――

「GU……GAAAAAAAAAAAAAAAAッ！」

その怒りとシンクロするかのように、ミノタウロスが身を起こした。

「うわー、タフだなー」

上半身の所々は炎熱によって爛《ただ》れているものの、行動不能になるようなダメージは全く負っていない様子だ。

「よし、じゃあもう一発あっつーいのをどーんとお見舞いして――」

「待て、火じゃねえ、雷だ」

マヒトはヨーコの言葉を遮り、断言する。

「へ？」

「お前、雷の魔法打てるか？　あいつを倒すにはそっちの方が効果的だ」

「あ、そーなの？　魔術師さん達みんな【ファイヤーボール】打ってたから、火が効くのかと思ってたけど」

ヨーコの疑問に対し、ジーダが声を張り上げた。

「その通りだ！　ミノタウロスの弱点といえば火と相場が決まっておろうが。我が魔術師達では残念ながら威力が足りなかったが、勇者殿なら十分にいける。せっかく攻勢にあるのに余計なことを申すな！」

「まあそれも間違っちゃいねえがな。俺はちーとばっかし、魔物に詳しいんだよ」

マヒトは不敵に笑い、魔術師達に声を張り上げる。

「おいお前ら、雷だ。基礎魔法で構わねえから奴の左角の先端にぶち込め」

「い、いや、しかし……」

急に命じられた魔術師達は戸惑いを隠せない。ミノタウロスの弱点が雷などという話は、誰一人として聞いたことがなかったからだ。

「大丈夫だ。いーから騙《だま》されたと思ってやってみ？」

余りに自信満々なその様子に、魔術師達は、半信半疑ながらも言う通りに雷撃を放った。

「【サ、サンダーボルト！】」「【サンダーボルト！】」「【サンダーボルトッ！】」

その紫電の束は、ミノタウロスの角に直進していき——

「——ＧＵＯＯッ！」

屈強な魔獣は、その身をたじろがせた。

「き、効いた……」

魔術師達は、信じられないといった様子で皆、雷撃が放たれた己の手を眺めていた。

「ど、どういうことだ……先程の火ではびくともしなかったのに……」

目を見開くジーダに対して、マヒトがニヤッと笑う。

「魔牛族の連中は定期的に角が生え替わる。そして、それが抜け落ちる前の数日間には構成する物質に変化が見られる。その一部に、通電性の高い物質が含まれるから、そこに雷をぶちこんでやりゃあ、身体の方にも通るっつーことだ。んで、微妙な色合いからして、ありゃ抜け落ちる二日前ってとこだ――クク、いいタイミングだったな」

「わ、私は魔獣研究においては国内随一との自負がある。当然角の生え替わりについては把握しているが……その前段階で構成物質が変わるなどと、そんな話は聞いたことがないぞ」

「お前が知ってようが知らなかろうがそーなんだよ。実際効いてんだろうが」

「ぐっ……そ、それはたしかにそうだが……」

「おい、魔術師共。継続して雷を打ち続けろ。ただし、適当にやんじゃねーぞ。奴《やつ》らは五回に一度の頻度で僅かに呼吸が深くなる。これは個体じゃなく、種族としての特性だからあいつも間違いなくそうだ。よく観察してその隙を見逃さずに、全員でブチ込め」

「わ、分かった……」

最早《もはや》、マヒトの言葉に疑いを抱く魔術師はおらず、皆素直に首を縦に振った。

「さて、これで足止めくらいにはなるだろうが、倒しきるには威力不足――止《とど》めを刺すのはお前にしかできねえ」

「お、待ってました！　どーすんの？　特大の雷ブチかませばいい？」

ヨーコは舌をペロッと出しながら、腕をぶんぶんと振り回す。

「ああ。だがその前に濡《ぬ》らしてからの方が効果的だ。雷が大丈夫なら水もいけんだろ」

「あ、それは多分だいじょーぶ」

言うが早いかヨーコは左の手のひらを上に向け、

「グオオッ！……ギューンッ！……ガッ！……あ、やっぱりできた」

そこからは、まるで小規模な滝であるかのように、大量の水が溢《あふ》れてきていた。

「よし、まずはそれをあいつに浴びせてやれ」

「あ、ちょっと待ってね。グオオッ！……ギューンッ！……ガッ！……あ、雷もいけた」

ヨーコの右手が、バチバチと轟音《ごうおん》を発しながら帯電していた。

「お、やるじゃねえか」

それを見て、楽しそうに笑うマヒトだったが、ジーダは目を見開き、

「なっ……魔法の同時発動だと！　それには類い希《まれ》なる集中力と繊細な魔力操作が必要なはず……」

「ハッ、勇者様だってんだから、これくらいできてもおかしくねえだろ」

「ふふん。もっと褒めてくれてもいいよん……あ、そーだ」

何かを思いついた様子のヨーコは、右手と左手を近づけていき――

「おー、いい感じに混ざったよ」

そこには、帯電する水の球が発生していた。

「ご、合成魔法っ！……あ、ありえん！　賢者クラスにしか為《な》し得ない超高等技術だぞ！」

「いちいちうるせえジジイだな。こっちに都合のいい誤算なんだから問題ねーだろうが」

「ぐっ……そ、それはそうなのだが……いくらなんでも規格外が過ぎるというか、理解が追いつかな――」

「GUGAAAAAAAAAAAAAAAAAAAAAAAAッ‼」

ジーダがぶつぶつと独り言を漏らしている間に、ミノタウロスはこれぞ断末魔、と言わんばかりの咆哮《ほうこう》を発して絶命していた。

「ほい、一丁あーがり」

「て、適性値999がここまでのものだとはっ……素晴らしい！」

目を輝かせるジーダに、ヨーコはにかっと笑いながらVサインを向ける。

「ふっふーん。おじーちゃんもようやくJK勇者の魅力に気付いたようですな。私のグッズとか作って売り出すなら早い方が――」

「……調子に乗るなよ、小娘」

そこでアーサーから呪詛《じゅそ》のような呟《つぶや》きが漏れた。

「え？　王子サマ、まだ何かあるの？」

アーサーはその問いには答えずに、無言のまま懐《ふところ》から特大の魔水晶を取り出す。

「これだけは使うまいと思っていたが……己の中途半端《ちゅうとはんぱ》な力を呪うがいいっ！」

怒りの言葉と共に、魔水晶からは漆黒の霧が噴出する。

そして、その中から姿を現したのは――

「ド、ドラ………ゴンッ！」

10

ジーダは指先を震わせながら後ずさり、べたり、と尻餅をつく。

そこに現れた怪物が放つ異様な空気は、先程のミノタウロスの比ではなかった。

牛頭の魔物の三倍はあろうかという全長――だが、その桁違いな威圧感は、単純な物理的巨大さに起因するものではない。

鋭利な刃物の如《ごと》き皮膚が連なる漆黒の体表。そこから立ち昇るドス黒い瘴気《しょうき》。飛翔《ひしょう》目的だけに止まらずそれ自体が凶器にも鎧《よろい》にもなりうる頑強な翼。己以外の全てを否定するかのような暴君の如き瞳。

その全てに共通する印象は『死』だ。

種としての圧倒的な格の違いが、相対する者に死の恐怖を抱かせる。

それが竜種。魔族の洗礼を受けた魔獣達の中で、頂点に君臨する生物。

「あ……あ……」「ば、化け物っ……」「こ、こんな……ことが……」

事実、その場にいるほとんどの者達はその威容に怯《おび》え、竦《すく》み、棒立ちになっていた。

「おいおいおい、こいつはちと、洒落《しゃれ》になんねえぞ……」

マヒトでさえも、額に汗を浮かべてたじろぎをみせる。

「ア、アーサー様、ど、どど、どうやってこのような魔竜をっ……」

腰が砕けたままのジーダが、震える声を絞り出す。

その疑問はもっともだった。ドラゴンを魔結晶に封じ込める為《ため》には、まず弱らせた状態で捕獲《ほかく》せねばならない。

自国を弱小と言い切った王子が、とてもそのような戦力を有しているとは思えなかった。

「宰相よ、汚れを知らぬ田舎の小坊主《こぼうず》でもあるまいし、何を戯《たわ》けたことを。対価を用意すれば動く連中などいくらでもいるだろうが」

「生きた魔獣の売買……ま、まさか裏ギルド！　一国の王子があのような連中と取引など、あってはならんことですぞっ！」

「ふ……であればまだいいがな。世の中はお前が思っている以上に腐っているぞ、宰相」

「そ、それはどういう意味で――い、いや、そんな場合ではございません！　先程のミノタウロスでも無理でしたのに、このドラゴンを制御など――」

「できている訳がなかろう……おかげで出費が嵩《かさ》んでしまった」

アーサーは懐から小瓶を取り出すと、そこに詰められている液体を自分に振りかけた。

「竜族が忌避する稀少《きしょう》な物質だ。こんなちっぽけなものが、本体とさして変わらぬ値段だ……まあこれで私だけは攻撃の対象にならない訳だが」

「ま、またご自身の保身のみ……我々はどうなってもよいと仰《おっしゃ》るのですか！」

「先程もそうだ、と言っただろう。助かりたければ、ドラゴンの攻撃がそこの罪人共にいくように仕向けることだな。そいつら二人が息絶えれば、封印の呪を唱えてやる」

アーサーは歪《ゆが》んだ笑みを浮かべながら、ドラゴンの後方へ悠然と歩いていく。液体の効果は確かなようで、ドラゴンが彼に攻撃を加えるような素振りは全く見られない。

「あー、こりゃもう力尽《ちからず》くしかなさそうだね。んじゃ、【ファイヤーボール】最大出力っ！」

ヨーコはありったけの力を込めて火力を叩《たた》き込むが――

「…………………」

「ありゃ？」

無傷。それどころか、自らに攻撃してきたヨーコの方を一瞥《いちべつ》することさえしなかった。

「うっそー。私、ガチで打ったんだけどな」

「お前の才能は認めるが、現状の力じゃさすがに無理だな。竜種は魔法防御も物理防御も他の種族とはダンチだ。奴らにまともに攻撃を通そうと思ったら、対竜族用の専用装備を使うか、耐久力を上回る超火力を叩き込むしかねえ」

「そっかぁ……さっきのモーモーみたいな弱点は？」

「あるにはあるが、最早そういう問題じゃねえ。根本的な威力が――ん？」

そこでドラゴンに動きがあった。

竦んでその場から動けない兵士達の方を睥睨《へいげい》し、すう、と息を吸い込んだ。

「あ……あ……」

攻撃の予備動作であるのは明らか。その場から離れなければ数秒後の死は免《まぬが》れないが、それを認識してもなお、兵士達は恐怖に支配され、足を動かすことができなかった。

「ちっ……ヨーコ！　あいつのブレスに合わせて火を放て！　球じゃなくて放射状にだ！」

マヒトは弾《はじ》かれたように駆け出しながら、ヨーコに指示を飛ばす。

「オ、オッケーッ！」

ヨーコはその言葉通りに、即座に帯状の火炎を放つ。

それは、兵士達を守るようにして、ドラゴンの口から放たれた炎の呼気と衝突する。

「ぐ……ぐぬぬぬぬ……」

双方の炎が拮抗《きっこう》しているように見えたのはほんの一瞬。

ドラゴンが溜息《ためいき》程度の加減で放ったものは、ヨーコの全力のそれを容易《たやす》く弾き飛ばし、

「わあああああっ！」

反動で後方に吹き飛ばされたヨーコは、石壁に激しく背中を打ち付けた。

そして炎の吐息はその勢いを保ったまま、棒立ちの兵士達に迫る。

「た、助けっ……」

「ボケッとしてんじゃねえ馬鹿野郎共っ！」

だが、僅かでもヨーコが時間を稼いだことによってマヒトが間に合った。

兵士達に向かって飛びかかるように体当たりし、その身体《からだ》を突き飛ばす。

直後、それまで兵士達が立っていた場所を炎が蹂躙《じゅうりん》し、焼き尽くす。

残されたのは焦土と呼ぶのも生易しいような、爛《ただ》れ抉《えぐ》れた地面。

「あ、あり……ありがっ……」

「うるせえ！　礼言ってる暇があったらとっとと逃げろ！」

「は、はいっ！」

マヒトに一喝された兵士達は四つん這《ば》い状態のまま、バタバタと前方へ移動を開始する。

「つっても、こいつ相手じゃ少しくらい離れたところで意味が――!?」

そこでマヒトの身体から急激に力が抜けた。

（く、くそっ！　呪いの効果範囲内に入っちまったっ……）

最悪の展開だった。

発動してしまえば、低級モンスターに対してすら無力になる強固な呪い。

魔力使用不可や脱力という効果に加えて、相手方からの攻撃に対する耐性も著しく下がることは、ゴブリンやスライムの件からも、身を以《もっ》て実証済みだ。

ドラゴンの炎の呼気などくらえば、骨も残るまい。

「……げほっ！　げほっ！」

この場で最大の戦力であるヨーコは気管に衝撃がいったらしく、壁にもたれかかったまま激しく咳《せ》き込んでおり、援護は望めない。

そしてドラゴンはマヒトに照準を定め、再びすう、と息を吸い込んだ。

（くそ……どうする？　俺がやられちまったら、ここにいる奴《やつ》ら全員――ん？）

そこで、膝を突いたマヒトとドラゴンの間に割って入る影があった。

「ひ、姫さん！　お前、何やってんだ！」

「あ、あはは、なんか身体が勝手に動いちゃいまして……」

「馬鹿野郎！　ふざけたこと言ってないでさっさとどけ！」

「だ、大丈夫ですよ……私、回復とか補助系魔法だけはちょっと得意なんです。今、シールドを張りますから」

そう言ってフラウディアが展開した防御魔法は、お世辞にも頑強とは言い難《がた》く……呼気によって一瞬で蒸発してしまうことは、誰の目にも明らかだった。

「こ、これで時間稼ぎくらいはなんとかできるのではないでしょうか……」

「んなわけねえだろ！　いいからさっさと逃げろっ！」

「い、嫌です！　私はもう、目の前で人が死ぬのは……耐えられません」

「ア、アーサー様！　どうかドラゴンをお下げください！　このままでは姫様までっ！」

ジーダがドラゴンの後方にいるアーサーに向かって、悲痛な声を張り上げる。

「必要ない。臆病者のそいつが他人の為に命を張れる訳がなかろう。直前で自分だけ避《よ》けるに決まっておるわ」

「この……クズ野郎がっ……」

激しい怒りがマヒトの全身を駆け巡るが、精神に肉体が追従しない。

「う……おおおおおおおおおおおおおおっ！」

裂帛《れっぱく》の気合いによって得られた成果は、ただ立ち上がる、というだけのもの。

マヒトは残存した僅かな力を振り絞ってフラウディアの身体を押しのけた。

「ひゃっ！　な、何するんですか！」

「それはこっちのセリフだ。ろくに力もねえのに他人を守ろうとすんじゃねえ」

「そ、そんな言い方しなくても……マ、マヒトさんだって今はヘロヘロじゃないですか」

「俺はいいんだよ！」

「じゃ、じゃあ私だっていいんです！」

「訳わかんないこと言ってんじゃねえ！」

「そっくりそのままお返しします！」

（ぐっ……なんて頑固な女だ！）

力尽くで突き飛ばそうにも、今のマヒトにはそれすらも困難だった。

そして、ドラゴンは火炎の放射態勢に入っている。予備動作の長さからして、先程よりも更に威力は増しているだろう。

（死なせねえ……こんなお人好《ひとよ》しを、こんな所で死なせる訳にはいかねえ！）

「動け……動けえええええええええええええええええええっ‼」

だが、マヒトのその叫びに身体が応えることはなかった。

前魔王の呪いは絶対。精神論ではその楔《くさび》から解き放たれるのは決して不可能。

（く……そおおおおおおっ！）

「……え？」

そこで、フラウディアが妙な声をあげる。

「マ、マヒトさん、これ……」

そして自らの懐《ふところ》から、とあるものを取り出す。

「これは……」

聖剣の柄《つか》が、眩《まばゆ》く発光していた。

11

「なんだ……これ？」

急に輝き出した聖剣の柄に戸惑いながらも、マヒトがそれを手にした瞬間——

「う……おっ……」

全身に、力が溢《あふ》れた。

いや、正確には戻ったという方が正しいだろうか。

呪いの効果が消え失《う》せた。

「き、綺麗《きれい》……」

あまりにも神々《こうごう》しく輝《かがや》くその様に、切迫した状況にもかかわらず、フラウディアからは思わずそんな声が漏れていた。

「こいつは……」

マヒトも何が起こったのか理解できずに、呆然《ぼうぜん》とその柄を見つめるが――

「ひ、姫様ああああああああああっ！」

ジーダの絶叫によって、二人は現実に引き戻された。

ドラゴンの暴炎は既に解き放たれ、一直線の猛烈な勢いでマヒトとフラウディアに死を届けようとしていた。

が、マヒトの表情からは、先程までの悲壮感は完全に消え去っていた。

「ハッ、どうなってんのか知らねえが、聖剣サマサマだなこりゃ――下がってな、姫さん」

「へ？」

そしてフラウディアを優しく自分の後ろに押しのけると、迫る炎に相対し――

「だ、駄目ですマヒトさんっ！」

その身体に、灼熱《しゃくねつ》が直撃する。

「マヒトさあああああああああああああんっ！」

「なんだ？」

「マ、マヒトさんが……マヒトさんがあああああああっ！」

「俺がなんだよ？」

「な、なんで……なんで私なんかを庇《かば》って死んじゃったんですかああああああっ！」

「おい、落ち着け」

「……ん？」

我に返ったフラウディアは、自分の眼前でピンピンしている男の姿を目にする。

「な、なん……で？」

「いや、なんか知んねえけど、この剣が呪いを中和してくれてるみたいだな」

「の、呪いってなんです？……って、そういうことじゃなくてっ……なんでそんな平然としてるんですかっ！」

「いや、だから呪いが中和したからだって言ってんだろ。普段の俺ならこんなチョロ火、屁《へ》でもねえんだよ」

「え、えっと……おっしゃっている意味が……」

フラウディアの反応は無理からぬことで、他の兵士や宰相達も口をあんぐりと開けて絶句している。

（マジで凄《すげ》えなこれ……身体機能に関してはほぼ完全に戻ってんぞ。魔力の方は……あ、そっちは全然駄目だな、こりゃ）

しかし、当の本人はそしらぬ顔で、状況の分析を行っていた。

「でもま、十分だ」

そして、ドラゴンの方へ視線を向け、口の端《はし》を吊《つ》り上げる。

「おいたの時間は終わりだ」

「――っ⁉」

それまで絶対的な威圧感を放っていたドラゴンに変化が見られた。

野生の本能が、悟る。自分の目の前にいる男――マヒトが、先程までとは次元の異なる存在に変化したということを。

黒竜は警戒の色を見せ、僅かに後ずさる。

竜種の知能は、魔獣の中でも群を抜いて高い。位によっては人語を介する個体も存在する程だ。今ここにいる黒竜は、そこまでの知能指数レベルには達していないようだが、それでも先程のミノタウロスなどとは比べるまでもない。

「見境無しに人間を襲うようならぶっ殺すしかねえけどな。大人しくするってんなら見逃してやるぜ？」

マヒトの言葉の内容は理解せずとも、大まかなニュアンスは伝わったのだろう。黒竜はまるで思案するかのように視線を泳がせていたが――

「……グアアッ！」

未知の敵への警戒よりも、最強種としてのプライドが勝ったのだろう。これが返答だとばかりに、灼熱の呼気をマヒトへ浴びせかけた。

――が、

「あっそ……それがお前の答えなワケね」

「――っ⁉」

マヒトは軽い火傷《やけど》さえも負っていなかった。

「もうちっと利口だと思ったがな。口で言って伝わらねえなら、身体《からだ》に分からせるしかねえな」

マヒトはゆっくりと、黒竜へ向かって歩みを進めた。

「グ……グアッ！」

黒竜は再び灼熱の呼気を放つ。

一度ではない。二度、三度、四度と、迫り来る恐怖を払拭《ふっしょく》する為《ため》、連続して炎熱を吐き続ける。

しかし――

「バーカ。あんだけ溜《た》めたのが効かなかったのに、そんな小出しが通用する訳ねえだろ」

マヒトは度重なる熱波をものともせず、黒竜の眼前にまで達していた。

「…………」

そこで黒竜の瞳から猛々《たけだけ》しさが消えた。

ここにきてようやく彼我の戦力差を認める気になったらしい。

それまで這《は》うような体勢だった黒竜は身体を起こし、腹部を露出させて、後ろ脚だけで立つような形になった。

マヒトはそれを、黒竜が恭順の意を示したと受け取った。

「ははは！　よしよし、ようやく認める気に――」

が、そうではなかった。

「ガアアアッ！」

黒竜は猛スピードで翼を振りかぶり、鋭利な爪が付いたその先端を、マヒトの顔面に突き刺した。

それは必殺の一撃。物理的な衝撃だけでも人間などひとたまりもないが、それに加えて爪の先端には、黒竜の体内で生成された、あらゆる生物を死に追いやる猛毒が――

「……ガ？」

おかしい……手応えがない。

黒竜が疑問を抱いたその瞬間――

「痛《いて》えじゃねえかこの野郎！」

「ゴギャアアアアアアアアアアアアアアアアアアアアアアアアアアアアアアアアアッ‼」

腹パン一発。

それだけで黒竜の身体は力を失い、轟音《ごうおん》と共に地に倒れ伏した。

「「「「……は？」」」」

その場にいたほとんどの人間が口を揃《そろ》え、

「「「「はあああああああっ？」」」」

示し合わせたかのように、リアクションが一致する。

その場で異なる反応を示したのは、

「げほっ！　げほっ！　あー、効いた効いた……ようやく回復したよ。ていうかマッヒー超強いじゃん。ほめてつかわすー」

そう言って呑気《のんき》に手を叩《たた》くヨーコのみだった。

「い、いやいやいや！　超強いなんて言葉じゃ済まされませんよ！　ど、どうなってるんですかこれ！」

目の玉が飛び出る寸前といった風情《ふぜい》のフラウディアが、マヒトに詰め寄る。

「まあこいつは竜種の中では一番ザコい部類だからな。さすがに上位の奴《やつ》らは（魔法なしでは）無理だ――」

「ありえん……なぜだ！　なぜこんなことが起こるっ！」

そこで、倒れ伏した黒竜の後ろから喚《わめ》くような声があがる。

「あ、そういやいたな、バカ王子。なんかもう忘れてたわ」

「なっ……」

ナチュラルな煽《あお》りと、切り札の消滅。アーサーが激昂《げっこう》するには十分な材料だった。

「と、捕らえろっ！……いや、その大罪人の首を刎《は》ねろっ！　今すぐだぁっ‼」

が、アーサーの熱に反して、周囲の反応は冷ややかだった。

兵士達が心中で抱いた言葉は皆一様――『できるわけねえだろ』。

そもそもこの騒動の元凶はアーサーだ。断罪されるべき張本人が喚き立てている様は、呆《あき》れを通り越して、どこか滑稽でさえあった。

「貴様……なんだその目は。私のことを馬鹿にしているのか」

アーサーは、一番近くにいた兵士に歩み寄り、その胸ぐらを掴《つか》む。

「い、いえ、そういう訳では……」

この場での求心力はゼロに等しくなったとはいえ、腐っても王位継承権一位の王子――

一介の兵士が逆らえる存在ではなかった。

「ふざけるなよ……一兵卒風情が私を嘲笑するなど……万死に値する！」

アーサーは怒りにその身を震わせ、拳を振り上げる。

「ふざけているのはお前だ」

12

その暴挙を止めたのは、凛々《りり》しく、厳《いか》めしい声だった。

「誰だ？　この私をお前よばわりとは――っ!?」

振り返ったアーサーの顔が一瞬にして青ざめる。

「ち、父上っ……」

その視線の先には、豊かな髭《ひげ》を蓄えた壮年の男性。

「へ、陛下っ！」

「お、お父様……」

ジーダやフラウディアは姿勢を正し、兵士達は一斉に膝を突き、頭《こうべ》を垂れる。

「お、ようやく王様のお出ましか」

「うわー、なんか風格あるねー」

畏《かしこ》まっていないのは、部外者であるマヒトとヨーコの二名のみ。

あれだけ傲慢に振る舞っていたアーサーでさえ、表情に緊張感を走らせている。

「アーサーよ。この有り様はなんたることだ。説明せよ」

王は、倒れ伏している黒竜を一瞥《いちべつ》した後、アーサーに視線を向ける。

「ち、父上……違うのです。逃亡した凶悪犯を捕らえる為に致し方なく――」

「この期《ご》に及んでまだ保身に走るかこの戯《たわ》けが！」

「ひっ……」

空気を揺るがすようなその一喝に、アーサーは反射的に後ずさり、足をもつれさせて尻餅をつく。

王は、怒りを湛《たた》えた視線で息子を見下ろす。

「ここへ来る道すがら、伝令の者から大まかな経緯は聞いた。お前が禁呪に手を出していたことも、大切な臣下の命を軽んじていたこともな」

「そ、それはその……お、お言葉ですが、魔族を倒す為には手段を選んでいる余裕は――」

「貴様のその腐った性根は魔族と変わらんわこの痴れ者《しもの》が！」

「ひいっ！」

「国際法の禁を破った罪は軽くない。王族故の減刑などは期待しないことだ。地下牢獄《ろうごく》で己のしたことを悔いるがいい」

「そ、そんなっ……」

王は、息子に興味を無くしたかのように踵《きびす》を返し、マヒトとヨーコへ歩み寄る。

「シンフォリア王国国王、ダイガン・ゴウ・シンフォリアである」

その佇《たたず》まいは厳格にして、声色は重厚。しかし決して近寄りがたい雰囲気ではなく……威厳と親しみやすさを併せ持つような、不思議な雰囲気の男だった。

「マヒトだ」

「ヨーコ・テンドーでーっす」

王は二人の名乗りを受けた後、表情を硬くして――

「客人達よ……息子の愚行をどうかお許し願いたい」

深く頭を下げた。

「おいおい、マジかよ……」

「へ？　王サマがこんなことしちゃってい－の？」

「へ、陛下！　おやめください！　このような者達にそんなっ……」

泡を食ったような宰相を、王が手で制する。

「ジーダよ、私は今、国王としてこの二人と接しているのではない。一人の父親として、息子の不始末を詫《わ》びているのだ。そこに身分や肩書きは関係がない」

「陛下……」

「そしてそれは、お前達に対しても同じことだ。馬鹿息子の暴挙により、諸君らの命を危険に晒《さら》してしまったことを詫びさせてほしい」

「お、おやめ下さい陛下！」「そ、そうです！　お、恐れ多いっ……」「へ、陛下っ……」

規格外の王の行動に、兵士達もどう反応していいか困惑していた。

「ハッ……」

愉快げに声を上げたマヒトは、少し離れた場所で尻餅をついているアーサーに、言葉を投げかける。

「見たかなんちゃって王子。これが本物の王だよ」

「…………………」

「つーか、こんな立派な父ちゃん見ながら育って、どうしてテメエみたいなのが出来上がるんだかな」

マヒトのその言葉に、王は苦い表情をする。

「そこは私が教育方針を誤ったとしか……多忙にかまけて、幼少期を全て教育係に一任してしまい、褒めることも叱ることもしなかった。マヒト殿の言う通り、背中を見ながら育ってくれればと思っていたが……どうやら子の成長というものはそんなに甘くなかったようだ。まさかここまで愚か者だったとは想像の埒外《らちがい》であったが……己の浅慮を恥じるばかりだ」

「成程な。ま、アンタにも責任が全くねえとは言わねえが、やっぱ大半は本人の問題じゃねえの？　同じ環境で育った姫さんは、アホみてえに素直な訳だしよ」

マヒトはフラウディアの方に視線を向ける。

「たしかにフラウディアは本当に真っ直《ます》ぐに育ってくれた。兄であるライアスもまた然《しか》り。母親の気性を良《い》い具合に受け継いでくれたのかもしれないな。王位継承権はアーサーから変えられずとも、ライアスがうまく補佐してくれれば、私が退いた後も国として最悪の状態にはなるまいと見積もっていたのだが……」

王は、命を落とした次男に思いを馳《は》せるように、沈痛な表情を見せる。

「お父様……」

「しかし、ライアスがあんなことになってしまった以上、国の舵取《かじと》りはアーサーに任せるしかない。禊《みそぎ》が済んだ後は私が直々に性根を叩き直す。だが、ここまで歪《ゆが》んでしまったものが、果たしてそう簡単に矯正できるか……」

国の将来を憂い、表情を曇らせる王に、ヨーコがしゅたっ、と手を挙げる。

「あ、オジサン。それなら私、いーこと教えてあげられるかも」

「オジッ……こ、小娘貴様！　不敬であるぞ！」

あまりにフランクな物言いに、ジーダが顔を真っ赤にして声を張り上げる。

「よい」

しかし王は気分を害した様子もなく、ジーダを手で制す。

「ヨーコ殿。何やらお考えがある様子。是非ともご教授願えるかね」

「あ、ご教授とかそういう大層なもんじゃなくて、まーなんていうか、ただの民主主義なんだけどね」

「ミンシュ主義？　初耳であるな」

「あ、やっぱりまだそういう概念自体が無いんだね。まあ民主主義イコールそれって訳じゃないんだけど、国のトップを選挙で決めるの。私のいた国では直接的な選挙じゃなかったんだけど——あ、選挙って言っても分からないかな？　王サマの後釜を、血筋とか関係なく、国民の投票で決定するの」

「国民の……投票？」

「そそ。要は、一番人気のある人が王サマになれるっていう仕組み」

「なんと…………いや、それは……しかし……むう……」

王は表情を細かく変えながら思案していたが……

「ふ、ふざけるなぁ！　そのような滅茶苦茶《めちゃくちゃ》な方法が認められる訳があるまいっ！」

ジーダは相変わらずの興奮具合で、再び声を張り上げる。

「えー、だってあの王子サマじゃ、絶対国がおかしなことになっちゃうじゃん。だったらもっとちゃんとした人を、みんなで選んだ方がいいと思うけどな」

「か、簡単に抜かすな。訳の分からぬ戯《ざ》れ言《ごと》で——」

「……素晴らしい」

「へ、陛下？」

「いや、考えれば考える程に素晴らしい方式だ。選ばれる側は、国民の好感度を獲得しなければならない故、彼らのことを考えた施策を掲げなければならず、特権階級のみに有利な悪法が横行することがない。任期を数年単位で区切れば、権力の腐敗も防げよう。現行の施政者が国民に受け入れられているのであれば、再び一番の得票数が得られる訳だしな」

「あ、そーそー。王サマ、流石《さすが》に頭いいね」

「いや……実に画期的かつ合理的な仕組みだ。ヨーコ殿、感服すべき発想力であるな」

「あはは！　私が自分で考えた訳じゃないけどね。この方法だって悪い所はいっぱいあるけど、少なくともあの王子サマが無条件で王サマになるよりはいいんじゃないかな」

そこでまた、ジーダが怒りを爆発させる。

「ふざけるな！　積み上げてきた王家の歴史はどうなる！　連綿と築く由緒《ゆいしょ》ある血脈が途絶えることになるのだぞ！　貴様のような小娘にその重みが理解――」

「ジーダよ、何も今すぐに制度を刷新させると言っておる訳ではない。未来を見据えた選択肢の一つとして検討する価値があるということだ。私とて血筋や伝統を軽んじている訳ではない。王家の権威は残したままで、施政だけを入れ札で選ばれた者に任せるという方法もある。世襲以外も絶無ではない、という前提で皆で議論を重ねれば、もっと良い案が出るかもしれんしな」

「おー、超柔軟。それに比べておじーちゃん、ちょっと頑固すぎない？」

「なっ……」

「分かるぞ、ヨーコ殿。私も常々ジーダは頑固すぎると思っていたのだ」

「へ、陛下まで……」

「あはは！　王サマ、気が合うね」

「うむ。ヨーコ殿とはよい酒が酌《く》み交わせそうだ」

「同感！　でも私まだ十六だから、大人になってからね！……あ、そーだ、代わりにいいことしよっか！」

ヨーコはそう言って、王に向かって手のひらを掲げた。

「ん？　どうしたのだね？」

「ハイタッチだよ」

「はいたっち？」

「そうそう。いい感じになった時に、こうやって手と手をパチーン！　って」

「うむ……こうか？」

「そうそう……イエーイ！」

ヨーコは王の手に自らのそれをタッチさせる。

「むむ……珍妙ではあるが、なんと小気味の良い動作か……」

「でしょでしょ？　じゃあもう一回。今度は王サマも掛け声合わせてね！」

「しょ、承知した」

そして二人は再び手のひらをぶつけ合わせる。

「「イエーイ！」」

「はは！　おもしれーな。あっという間に王とダチになってやがる」

マヒトは、ヨーコと王のやりとりを楽しそうに眺める。

「も、ものすごい社交性ですね……父は決して排他的な人間ではありませんが、初対面の人間とここまで打ち解けているのは初めて見ます」

その傍《かたわ》らで、フラウディアも感心したような声をあげる。

「あ、そーだ。お前、ちょっと見せてみろ」

「へ？　ちょ、ちょっとマヒトさん、いきなり何をっ……」

マヒトは唐突にフラウディアの顎に触れ、軽くクイ、と持ち上げた。

「……よし。問題なさそうだな」

「な、何がですか？」

「顔だよ顔。さっきのドラゴンの炎、俺の所でせき止めたつもりだが、余波で顔でも火傷《やけど》してたら事だからな。念《ねん》の為《ため》、もうちょっと確認するからじっとしてろ」

「は、はい……で、でもあの……そんなにじっと見られると恥ずかしいというか……」

「は？　じっと見なきゃ確認できねえだろうが」

「そ、それはそうなのですが……………………あ、あの……」

「なんだ？」

「さ、先程は助けていただいて……ありがとうございました」

「いや、そりゃお互い様……ってか、最初に俺のこと庇《かば》ったのはお前の方だろうが。礼を言うならまず俺の方だ……つーか、今回は結果的に助かったが、次からは二度とあんなことすんじゃねえぞ」

「は、はい……で、でもやっぱり最後に庇って貰《もら》ったのは私の方ですし……その前のお兄様の件で怒ってくれたのも、とても嬉《うれ》しくて……………あの時のマヒトさん、素敵でした」

「は？　なんて？」

「――っ！　わ、私ったら、な、なんてことをっ……わ、忘れて下さいっ！」

「いや、忘れるも何も、聞こえなかったんだっつーの」

一人でワタワタするフラウディアにヨーコが気付いて大声をあげる。

「あーっ！　お姫サマがまたビッチの顔になってる！」

「誰がビッチですか！」

「だって顔真っ赤だよ！　怪しい！　怪しいな〜。もしかしてマッヒーにホの字になっちゃった？」

「そ、そんな訳ないじゃないですか！　わ、私はそんなに軽い女ではありません！」

「出会って早々キスしてたのに？」

「なんでみんなその話を蒸し返すんですか！」

「あはは、お姫サマ、やっぱりからかうと面白いな〜」

「であろう？　我が娘はからかうと面白いのだ」

「お、お父様までっ……」

顔を真っ赤にして恥ずかしがるフラウディアをよそに、ヨーコと王は視線を合わせ——

「「イエーイ！」」

「仲良くなりすぎじゃないですかこの二人！」

13

「ワーッハッハッハッ！」

宴《うたげ》の席に、王の豪快な笑い声が響く。

しかし、賢王と謳《うた》われた彼であるからして、羽目を外す中にも聡明《そうめい》さが見え隠れして
――

「ギャーッハッハッハッ！」

……いることもなく、普通に下品だった。

「お、お父様、もう少しペースを抑えられてはいかがですか？」

「なんだなんだ、固いこと言うなよねーちゃん！」

「じ、実の娘を歓楽街のお姉さんと混同するくらいに酔ってます……」

この王の唯一とも言える欠点は、酒癖の悪さだった。

だが、王本人もそれを十分に把握しており、普段は、歓待の席で相手の興が冷めない程度にほどほど付き合う、という塩梅《あんばい》に抑えているのだが――

「イエーイッ！　いいねいいね。もう一杯いっとく？」

ノリノリで煽《あお》りまくる女子高生がそこにいた。

「当然だ勇者殿！　覚悟するがいい、今宵《こよい》は寝かさぬぞ！」

「いよっ！　大統領！」

「なんなんですか、その意味の分からない合いの手は……」

「あはは！　身体《からだ》に悪いレベルだったら無理には勧めないけどさ、これは気持ちよく酔ってるだけだね」

「ヘイ、飲んでるか我が娘よ、フゥーッ！」

「いくらなんでも気持ちよくなりすぎな気がしますが……」

本人は知る由《よし》もない単語であるが、王は単なるパリピと化していた。

「あー、これこれ王サマ、自分が楽しむのはいいけど未成年にお酒勧めちゃ駄目だよー」

ヨーコは苦笑いしながら止めに入るが、

「ん？　成人は十六歳ですから私が飲酒するのは問題ないですよ、ヨーコさん」

「あ、そーなの？　私のところでは二十歳からなんだけど。そういうのってやっぱり環境によって違うもんなんだね」

「え？　じゃあヨーコさんは飲んでなかったんですか？　私はてっきり……」

「んーん。私はさっきから紅茶とかフルーツジュースしか飲んでないよ」

「クク……素面《しらふ》でそこまで騒げるなんざ、ガキの証拠だな」

ヨーコの隣でグラスを呷《あお》りながら、マヒトがニヤリと笑う。

「ちっちっちっ。この元気は若者の特権と思ってほしいねチミィ。ていうか、マッヒーは私とあんまり年変わらないだろうに、だいぶグビってるね」

「ああ。悪《わり》ぃな姫さん、遠慮なくいかせてもらってるぜ」

「いえいえ、これはお二人への謝罪を兼ねた宴《うたげ》でもありますので、お好きなだけどうぞ」

その言葉に、ヨーコが目を輝かせて反応する。

「あ、そーなの？　私、おくゆかしー大和撫子《やまとなでしこ》だから、食べる量抑えてたんだよね」

「え？　ヨーコさん、普通に二、三人前は食べていたような――」

「じゃあ、お言葉に甘えさせてもらうねーっ！」

そう言うや否《いな》や――

ヒユッ！

「……え？」

起こった出来事に、目を疑うフラウディア。

「い、今、テーブルの上の料理が一瞬で無くなったような気が……」

「ん？　ほりゃー、食べものは、はべたら無ふなるよ？」

ヨーコは、口を齧歯類《げっしるい》のようにパンパンに膨らませている。

「い、いや、そういう問題ではなく……その細い身体のどこに……」

「んー、どーだろーねー？　おっぱい？」

たしかに、均整の取れたヨーコの身体において胸だけが明らかに存在感を主張していた。

「ワハハ！　そうだそうだ！　勇者殿を見習え！　お前ももっと食べないから育たないのだぞ、フゥーーッ！」

「お父様はちょっと黙っててくださいますか！」

「はは、大分はっちゃけてんな、オッサン」

乱れる様子の王を眺めながら、マヒトは楽しげにグラスを傾ける。

「す、すみません、父がお見苦しいところを……」

「クク、こんぐらいギャップがあった方がいいんじゃねえの？　へべれけになる前に色々話してたが、お前の父ちゃん、ほんとにいい王様だと思うぜ」

深い見識と豊富な経験、権力に溺れることのない自制心、芯の通った鉄の倫理観、民を第一とする施策方針、他者の意見を取り入れようとする柔軟性——帝王学を叩《たた》き込まれてきたマヒトの目にも、この人間は傑物として映った。

「そ、そうですか。私も父からは日々学ぶところばかりで……国家の長としてだけでなく、一人の人間としても尊敬していますし、自慢でもあります」

フラウディアは嬉しそうに、顔を綻ばせた。

「でも、諸々《もろもろ》を補佐していたライアスお兄様があんなことになってしまい――ジーダ達も頑張ってくれてはいますが、国を背負う重責がお父様一人にのしかかり、多忙を極めている状態です。私はまだそのお手伝いができるレベルにはなく……ですから、嬉しいんです。限度はありますが、今日のようにたまには重い衣を脱ぎ捨てて――」

「脱ぐぞ……私は脱ぐぞ……ガハハ！　刮目《かつもく》せよ、裸の王様じゃーいっ！」

「そういうことじゃありませんけど！」


王城内、合議の間。

「済まぬ……醜態を晒《さら》した」

脱衣事案から約二時間。ある程度酒気が抜けた王は、深々と頭を下げた。

「ははっ！　ジジイがとめなきゃ、王様のブツを拝めたんだがな」

「あはは！　もうちょっとだったね。私はジュンジョーだから手で目を隠して、指の間からガン見してるだけだったけど」

「ぐう……」

マヒトとヨーコからのイジりを受け呻《うめ》く王に、娘からのジト目が襲いかかる。

「お父様……軽蔑します」

「うぐうっ……」

まあ父への憧れと心配を語っている時に、あんなことをされたのでは無理もないだろう。

「……でもお気持ちは分かります。手詰まりと思われていた魔王討伐に、一筋の光が差したのですから、多少気が緩んでしまうのも致し方ないこと」

フラウディアの視線がマヒトとヨーコへ向けられる。

「……そうだな。尋常ならざる力を有する君達の存在に、浮かれてしまったのは否定できない。なにしろ遂《つい》に七人目の聖剣保持者が現れたのだからな」

そう語る王の瞳からはふざけた色が消え、理性的な光が戻っていた。

「是非とも今後のことを相談させてもらいたいのだが――その前に、君達を勝手に召喚した非礼を詫《わ》びねばならない。世界の一大事とはいえ、事前の了承も無しに転移させるなど、あってはならないことだ」

「あー、俺に関してはそんな気遣い全くいらねえぜ。むしろ命の恩人だからな。感謝してもしきれねえくらいだ」

「ん？　それはどういう意味だね？」

「まあ、こっちの話だから気にしないでくれ」

「あはは！　私もモーマンタイだよ！　最初はちょっとびっくりしたけど、二回目は自分の意志で戻ってきた訳だしね」

マヒトに続き、ヨーコもあっけらかんとした調子で王に告げる。

「そう言ってもらえると助かる。だが、ここから先はまた別の話だ。魔王討伐に臨むとなれば、当然のことながら命の保障はない。我が国として出来る限りの見返りは用意するつもりだ。どうか……人類の悲願達成の為《ため》に、力を貸してもらえないだろうか？」

「クク、見返りなんていらねえよ。俺が魔王の野郎をぶっ倒してえんだ。それに、ここで改めて言うまでもなく、姫さんと既に約束しちまってるしな」

「マヒトさん……」

「私もオッケーだよん。ま、本当に危なくなったら逃げるから大丈夫だよー」

「ご協力、痛み入る」

「つーかよ、逆に聞きてえんだが、アンタらの方はいいのか？　折れちまったとはいえ、俺みたいな得体のしれない奴《やつ》に聖剣を預けちまって」

マヒトは懐《ふところ》から聖剣の柄《つか》を取り出し、ニヤリと笑う。

「いや、聖剣に選ばれたという時点で、資質に関しては疑いようがない。それに、そんなものなどなくとも、マヒト殿の曇り無き眼《め》を見れば、信頼に足る人物だというのは明白だ」

（ここの国の王族は親子してお人好《ひとよ》しだぜ……）

とはいえ、マヒトもここまで信頼されれば悪い気はしない。そして魔竜の一件以降、輝きを見せない聖剣の柄だが、呪いを解除する手がかりであるのは間違いない。

「はいはーい！　質問！　ふと思ったんだけど、マッヒーが聖剣に選ばれたんなら私は別にいらなくない？　たしかに普通の兵士さんとかよりは強いのかもしれないけど、ドラゴンには全然歯が立たなかったし、他に勇者が六人いるんでしょ？　マッヒーので最後ってことはもう余ってる聖剣もない訳だし」

「はは、自分が不要などということをそんなに明け透けに言えるとは、ヨーコ殿は実に真《ま》っ直《す》ぐな気質であるな。だが、要らないなどとはとんでもない。現状でマヒト殿に劣るのはたしかであるが、驚くべきは魔法を発動させたのが本日初めてだという点。その状態でミノタウロスクラスの魔物を倒すなどというのは現役のどの勇者――いや、私が記憶する限り、歴代の勇者達でもそのような逸話は残っていない。末恐ろしい才能だ。勇者適性値９９９というのも頷《うなず》ける話だな」

「あ、そーなの？　だってさ、マッヒー。せーぜー私に追い抜かれないように精進したまえよチミィ」

「……ウゼぇ」

ヨーコが冗談で言っているのは分かっていたが、彼女の驚異的な才能を考えると、そう遠くない将来、魔力を行使できない状態のマヒトよりも戦闘力が高くなることはありえない話ではない。だが、そうなったらそうなったで全く問題ない。フラウディアには魔王を倒すと約束したが、それは何もマヒト自身の手によるものでなくても構わない。

結果的に魔王が滅び、人間達に平穏が訪れるのであれば、方法はなんでもいいのだ。

マヒトがそんな思考を進める中、王は言葉を続ける。

「ヨーコ殿が懸念《けねん》している、聖剣の保持者である勇者がもう定員に達しているという件。それはたしかにその通りなのだが……ヨーコ殿には是非とも、残り六本の内の一つを保有してほしいのだ」

「へ？ それって現勇者から奪うってことだよね？ そんなことしちゃっていーの？」

「端的に答えるのであれば是だ。ヨーコ殿、魔王を討ち倒す為の条件は聞いたかね？」

「あ、なんとなくは。聖剣が七つ揃《そろ》わなきゃいけないんでしょ。なんか厨二《ちゅうに》っぽくて夢があるよね！ 願いを叶《かな》えてくれる龍でも出てくるのかな？」

「喩《たと》えはよく分からんが……概《おおむ》ね間違ってはいない。伝承によるものなので詳細は不明だが、勇者全員が協力せねば魔王討伐が果たせないというのは確かなことだ。そして現状では……それが極めて難しい」

「なんで？　勇者の人達、あんまり仲が良くないの？」

「然《しか》り。当代六人の勇者はみな、相当な個性の持ち主で……足並みを揃えてというのが現実的ではなくなっている」

「はは、いーんじゃねーの。よい子ちゃんばっかの集団に魔王が倒せるとは思えねーしな」

「……マヒト殿、そうではないのだ。先程の発言は、少しばかり気性が荒いといったレベルの話ではない……明確に『悪人』と呼べるような輩《やから》が、現勇者の中には含まれている」

「おいおい、なんだかキナ臭くなってきたな。勇者ってのは、『人間を愛し、魔族を討ち倒す強い意志のある』奴なんじゃなかったのか、姫さん」

マヒトの疑問を受けたフラウディアは、表情を硬くしながらそれに答える。

「それはあくまで、マヒトさんが所持しているその聖剣の話です」

「聖剣によって、選ぶ勇者の性質が変わるってことか？」

「はい。聖剣とは、遥《はる》か昔に神々から賜った神器――我々人間の理《ことわり》の外にある代物です。言葉を発することこそないものの、聖剣達には自我や意識のようなものが存在すると言われています。各々の聖剣が求める資質はそれぞれに異なり……我が国のように『心』を重んじる場合もあれば、ただ単純に『力』を欲《ほっ》する聖剣もある、ということです」

「成程、クソ野郎でも極端に強けりゃ、勇者になっちまう場合もある、と」

《そーそー、だから私は、良心的な聖剣なのだ》

「あ？」

そこで急に、聞き覚えのない声が響いた。

《ふふん、その私に選ばれた君は、もっと光栄に思うべきなんだよ》

「今、誰が喋《しゃべ》ったんだ？」

マヒトは疑問を口にするが、フラウディアもまた首を傾《かし》げる。

「誰がって、最後に発言したのはマヒトさんですよ？」

「は？　んなことねえだろ、明らかに女の声が――」

《あ～、駄目だよ、レディーのことを女呼ばわりしちゃ。お姉さんは悲しいよ、マヒト君》

そこでマヒトは気付く。

これは、物理的な声ではない。まるで、直接脳内に響いてきているような――

「ん？……」

懐の、聖剣の柄が微妙に発光していた。

マヒトはそれを手に取り、まじまじと見つめる。

「まさかお前…………聖剣なのか？」

《ぴんぽんぴんぽ～ん。私こそは最強の聖剣ちゃんなのでーす》

たしかに先程、聖剣には自我や意思のようなものがあると説明されてはいたが……ここまで直接的なものだとは思わなかった。

「ドラゴンの時、呪いを中和してくれたのもお前か？」

《そ～だよ。まあ今はほとんど力を失っちゃってるから、あれが精一杯だったけどね》

にわかには信じがたい現象であるが、こうして会話が成立している以上、認めざるをえない。

「そっか……あん時は助かったぜ。ありがとな」

《うんうん、素直な子は好きだよ、お姉さんは》

「あ、あの、マヒトさん……一体誰とお話ししてるんですか？」

フラウディアが恐る恐るといった調子で問いかけてくる。

「ん？　お前らには聞こえてないのか？　この聖剣が俺の頭の中に語りかけてきてんだ」

「……」「……」「……」

「な、なんだお前ら！　痛いヤツみたいな目で見るんじゃねえよ！」

ヨーコが深く頷きながら、マヒトの肩にぽん、と手を置く。

「ちょっとそういうのが遅かっただけだよね。お母さんはマヒトの味方だよ」

「誰がお母さんだ！　そういうガキが罹《かか》るヤツじゃねえよ！　おい、あいつらにも話しかけてくれ！」

《あ、それはちょっと無理だね～。私の声は所有者のマヒト君にしか聞こえないから》

「ぐっ……」

「ヨ、ヨーコさん。信じてあげましょうよ。いくらマヒトさんでも、妄想だけでこんな嘘《うそ》は言わないでしょうし」

「『いくら』ってなんだお前『いくら』って！」

「あ、あはは……だってマヒトさん『ハッ』とか『クク……』とか口癖だから、ちょっとそういう系の人ではあるかと……」

「ぐうっ……」

「マッヒーのイタいのイタいの飛んでけ～」

「余計なお世話だ！　お、王様よ、他の勇者連中はどうなんだ？　聖剣持ってるんだから、そいつらも声が聞こえてるはずだ！」

「いや……マヒト殿の言葉を疑う訳ではないが、私が把握してる限りでは、そういった事象は耳にしたことがない」

《ふふん、それだけ私は特別ってことなんだよ。まあ意識が顕現してないだけで、他の六人も中にいるんだけどね》

「そうかよ……まあでも、いい機会だ。ヨーコはともかく、王様も姫さんも、聖剣に聞きたいこと、たくさんあるんじゃねえか？　それに答えてきゃ、信憑《しんぴょう》性も出てくるだろ」

《あ、ごめんね～。答えてあげたいのはやまやまなんだけど、お姉さんほんとに弱ってるから、こうしてお話ししてるだけでも消耗しちゃってるんだ。程々にしとかないと、重要な時に出てこられなくなっちゃうから……今日はもうバイバイだね～》

「は？　あ、おい、ちょっと待て！」

《……》

「ぐ……駄目か……」

「聖剣さんと喋れなくなっちゃったんですか？」

「ああ……どうやら本来の力を失ってるらしい」

「っていう設定なんだよね。うんうん、お母さんはマヒトの味方だよ」

「しつけえな！」

「ゴ、ゴホン……では話を元に戻そうか」

「おいオッサン、なんで目を逸《そ》らすんだよ……」

しかしながら、もし逆の立場だったらマヒトも同じような態度を取っていただろう。

そのくらい、奇妙な現象だった。

まあこちらからコンタクトがとれない以上、向こうの体力(?)が回復して、語りかけてくるのを待つしかない。疑われたままのマヒトは釈然としない思いを抱えながらも、王の言に従い、話題を戻すことにする。

「えーと、たしか悪人でも勇者になれちまうって話だったよな」

王は、苦い表情をしながら首を縦に振る。

「ああ。だからこそヨーコ殿のような真っ直ぐな人間に、聖剣を所持してほしいのだ」

「なーるへそ。じゃあ私がちゃっちゃと強くなって、その悪い勇者をやっつけて聖剣奪っちゃえばいい訳だね」

「う、うむ……まあ端的に言えばそうなのだが、相当に困難な話ではあるぞ」

「ふふーん、だいじょびだいじょび。まあ私が勇者になれば、召喚してくれた時に失われた、お姫サマの純血も浮かばれるだろうしね」

「失ってませんよ！　ちょっと勢いで舌が入っちゃっただけです！」

「……舌？」

　そこで、王の雰囲気が一変する。

「ち、違うんですお父様！　わ、私は巫女《みこ》としての努めを果たしただけです！　そ、その過程でちょっと意気込みすぎてしまって――」

「引くわ」

「予想外の反応が返ってきました！」

「フラウディアよ……文献に記されている、聖属性を付与する儀式とは、たしかに巫女の唇を通して為《な》されるものだが、別に軽く触れれば、身体《からだ》のどこの部位でも構わないのだぞ」

「そ、そうだったんですか……く、『口づけ』って書いてあったので、私はてっきり口と口で、そ、その……ロマンティックにやらなければいけないものだと……こ、国民の皆さんの間で流行《はや》っている小説にも、そのような描写がありましたし……」

（バカだな）（おバカだなー）（我が娘ながらバカであるな）

「ぐっ……」

　三人とも口には出さなかったものの、その呆《あき》れたような視線の意味するところは本人にも伝わったようだった。

「お姫サマ、今ちょっと大事な話してるから、ふざけないでくれるかな」

「ヨーコさんが振った話題じゃないですか！」

半ばヨーコの玩具《おもちゃ》と化しているフラウディアに苦笑しながら、マヒトが話題を元に戻す。

「つーかよ、そんなろくでもねえ奴《やつ》が聖剣持ってるんだったら、俺がぶん獲《ど》ってきてやろうか？　負けた野郎なんて『力』を求める聖剣には見限られるだろうし、次の所有者はそれから決めりゃいいんじゃねえか？」

勇者であろうと、人間相手ならば魔王としての力が十全に使える。いかに聖剣の力が強大でも、マヒトが後れを取るとは思えない。

「マヒト殿、残念ながら件《くだん》の勇者は、何者にも縛られることなく世界中を放浪しており、狙って接触することは不可能だ」

「ちっ……じゃあ当面は、ヨーコを鍛えながら機会をうかがうしかねえってことか」

「いや、そうではない」

「ん？　どういうことだ？」

「その勇者から聖剣を奪取する為《ため》に、マヒト殿とヨーコ殿には、勇者育成学園に入学していただきたい」

14

「勇者育成学園？　なんかおもしろそー！　そういう厨二《ちゅうに》っぽいの大好物だよ、私」

よく分からないことを口走りながら、目をキラキラさせるヨーコ。

「でも、その悪い勇者の話とどう繋《つな》がるの？　あんまり関係なさそうだけど」

「それが大有りなのだ。世界最高峰の魔術師養成機関であるその学校には、一つの伝統があってな。『その年の最優秀成績者が、聖剣を賭けて勇者と闘う』というものだ」

「う、うおお……こ、こいつは益々《ますます》厨二全開になってきやがったぜぇ……」

王のセリフに更に喜々とするヨーコ。

「『力』を求める聖剣もそれを是としているようでな……学生側が勝利すれば聖剣はその生徒のものとなる」

「ん？　じゃあその悪い勇者も、元は学校の生徒だったってこと？」

「左様。当時の勇者を恐るべき実力で戦闘不能にまで追い込み、聖剣を奪い取り……それから十年間、最優秀生徒を全く寄せ付けずに蹴散らし続けている」

「おー、強ーい。あ、でもさ、そんな好き勝手に世界を放浪してる人が、年一回、学園に顔出してくれるもんなの？　意外と律儀《りちぎ》さん？」

「……そうではない。『粋がった勇者候補のガキをぶちのめすのが至高の喜び』と公言している らしく……教師陣が止めなければ、生徒の命が奪われていた年もあったという話だ……ヨーコ殿。そういった事情であるからして、我々としても無理強いはできな――」

「トーナメント？　その最優秀者を決める方法って、トーナメントなのかな、王サマ！」

「い、いや、そこまでは把握しておらぬが……まあヨーコ殿が乗り気であるならそれに越したことはない。奇《く》しくも、娘もこの学園の試験を受けることになっているしな」

「え、そーなの？　あ、そういえば王子サマがちらっとそんなこと言ってたね」

「そうなんです。私程度では実力不足なのは重々承知しているのですが……治癒や補助の力を高める一助になれば、と。それに、外の世界を知り、見聞を深めることは、将来お父様のお手伝いをする上でも、決してマイナスにはならないと思いますので」

「その心意気、王としては喜ばしいことであるが、父としては些《いささ》か心配でな……だが、ヨーコ殿と共に、ということであれば百人力。娘をお願いできるだろうか？」

「勿論《もちろん》だよ！　よろしくね、お姫サマ！」

ヨーコは満面の笑みで、手を差し出した。

「あ……よ、よろしくお願いします」

　フラウディアは少し照れたようにその手を握り返した後……軽く俯《うつむ》いた。

「ん？　どーしたの。なんかモジモジしてるけど」

「あの……よろしければ『お姫サマ』でなくて、もっと気軽に呼んでいただけないでしょうか？」

「え？……いくら私でも、人前で『尻軽』って言うのはちょっと……」

「そういう軽いじゃありませんよ！」

「あはは！　じょーだんじょーだん！」

「まったくもう……」

「ごめんごめん。改めてよろしくね、フラフラ！」

「あ……」

「どーしたの？」

「い、いえ、愛称で呼ばれるなんて初めての経験ですから、嬉《うれ》しくなってしまって……」

「そう？　大体勝手な呼び方しちゃうから、結構怒られたりするんだけどね。まあ喜んでくれたんなら――ん？　まだなんか言いたそうな顔してるね？」

「あ、はい……ヨーコさん、もう一つお願いが。そ、その…………」

　しばらく言葉を詰まらせていたフラウディアだが、やがて意を決したように口を開く。

「私と、お友達になっていただけないでしょうか？」

フラウディア・フォウ・シンフォリアは一国の王女だ。

その重い肩書きがのしかかる以上、一人の少女として生きることはできない。

兵士やメイド達は、慕ってくれてはいる。単なる雇用関係を越えて、親しみをもってくれる者も少なくない。

だが、それでも限界はある。たとえ心の壁が無かろうと、その関係はあくまで主従。肉親を除き、王城内でフラウディアに敬語を使わない人間は皆無であるし、廊下ですれ違えば皆、足を止めて深く一礼をする。

彼女の人生において、同世代の少女がここまで明け透けな態度をとるのは——ましてや、からかってくるなどというのは——初めてのことだった。

今までは、寂しいなどと感じたことはなかった。

生まれた時からずっとそうだったから。

でも、ヨーコという存在が現れたことで気付いてしまった。

自分は、心の奥できっと、友達というものに憧れていたのだろう。

だから、そのままを口に出した。

ちょっと恥ずかしかったけど。

この素敵な女の子と、友達になりたいと思ったから。

「やだ」

「え──」

フラウディアの表情が、ビキリと固まった。

「ごめんねー、それはちょっと無理かな」

ヨーコは朗らかに、明確な拒否の言葉を口にする。

「……あ、あはは！　そ、そうですよね！　私なんかが友達になろうなんて、おこがましいですよね！　ちょ、ちょっと言ってみただけなんで忘れてください！」

フラウディアはごまかすように手をぶんぶんと振りながら、顔を真っ赤に染める。

恥ずかしい……一人で勝手に舞い上がっていた数秒前の自分を消し去ってしまいたい。

「あ、違う違う。そーじゃないよ。フラフラがどうこうじゃないの」

「え？……ど、どういう意味ですか？」

「友達って、なってくださいって言われてなるもんじゃないでしょ？」

ヨーコはキョトンとした感じで、不思議そうに首を傾けた。

「うっ……そ、それは…………たしかにっ……」

フラウディアはよろよろと後ずさり、力なく崩れ落ちて四つん這《ば》いになった。

「お、恐れ入りましたヨーコさん……端的で真理を突いたその発言……浮かれて軽率なことを口走った己の浅はかさを恥じるばかりです」

「？　なんかよく分かんないけど、落ち込まないで。私、フラフラのことは好きだよ」

「ほ、ほんとですか？」

「うん、なんかペットみたいで」

「ペット⁉」

「そーそー。だって嬉しそうな顔も、しょげてる時も、うちのワンコにそっくりだよ」

「ワ、ワンちゃんですか……」

「そーそー、ほらほら、頭撫《な》でてあげるからね」

「ば、馬鹿にしないでください……そんなほんとのワンちゃんみたいな扱い——あ、気持ちいいかも」

（チョロいなあ……）（チョロすぎんだろ……）（チョロさの極みだな、我が娘よ……）

またしても三者に同じ感想を抱かれるフラウディア。

「ま、仲良さそうで何よりだ。これから三人、同級生になるんだからな」

「え？……じゃあマヒトさんも学園の試験を受ける気になってくれたんですね。既にあれだけの実力があるので、拒否されるのではないかと心配していたのですが……」

たしかにいくら人間の魔法を習おうが、根本からして魔力の質が違うマヒトには使用することができない。だが、世界最高峰の魔術師養成機関ともなれば、魔法体系に明るい教師陣が数多く在籍しているだろう。人間の理《ことわり》を外れた魔族の『呪い』とはいえ、何か解消するためのヒントが得られるかもしれない。

そしてもう一つの利点。勇者とのコネクションが得られることだ。魔王打倒の為には、人間側の最高戦力である勇者達との協力が不可欠になってくる。学園の勇者は気質に難があるという話だったが、そこを足がかりにして他の勇者に接触できる可能性もある。

「ま、俺にとっても都合のよさそうだからな……つーわけでよろしくな、フラウ」

「……へ？」

そこで、王女の顔色が変わる。

「あ？　なんだよ、俺は姫さんの方がよかったか？」

「い、いえいえ！　マヒトさんにもむしろこっちからお願いしたかったんですが……あの……いざ呼ばれてみると……親族以外の男性に親しげに呼ばれるのが……その……こんなに恥ずかしいとは……」

ぽっ……。

「……なあ王様よ。アンタの娘、初心《うぶ》っていえば聞こえはいいが……いくらなんでも箱入りがすぎるぜ」

「う、うむ……だが、親としてはこれくらいの方が安心というかだな……」

「あー、駄目だよ王サマ。これ、大事にしすぎた免疫ゼロの子が、大学の新歓コンパでお持ち帰りされちゃうパターンだよ」

「ぬう、単語の意味は分からんが、何か的を射ている気がするな……」

「ま、ちょっとずつ慣れてけばいーんじゃねえの。な、フラウ」

「は、はいっ……でも、それは誰にでもこうなる訳じゃなくて、マヒトさんだから……」

「ん？　何か言ったか？」

「な、なんでもないですよ、あはは！」

「あー、ペットがまた発情しちゃったね」

「だからペットじゃないですって！」

この後、宴《うたげ》は明け方まで行われ……フラウは一睡もできず、イジられ続けるのだった。

第二章　魔王様の悲痛な呻き

1

「もういい」

「え？」

「お前は失格だ。帰れ」

「そ、そんな……だってまだ――」

「聞こえなかったのか。帰れと言った」

「な、納得いきません！　せっかく両親が生活費を切り詰めて送り出してくれたのに――」

「黙れ」

「――っ！」

「貴様が何を囀《さえず》ろうと、結果が覆《くつがえ》ることはない。私の裁定は絶対だ」

「お、お願いです！……せめて、僕の得意な魔法だけでも見て――」

「消えろ」

「……………………………………はい」

がっくりと肩を落として部屋を出る受験生の背中を一瞥《いちべつ》し、勇者育成学園『フーリッシュ・アカデミア』入学試験官、キール・サウザンドは心中でひとりごちる。

（低い……あまりにもレベルが低い）

近年、受験生の質は著しく低下していた。

その原因はとある勇者の存在。

聖剣継承直後から名のある魔族を次々と屠《ほふ》る実力。異性は勿論《もちろん》のこと、同性すらも思わずはっとするような美麗な顔立ち。いついかなる時も笑顔を絶やさず、各国報道陣からの取材にも積極的に協力する社交性。

実力、容姿、人柄の全てを兼ね備えた彼が世界的英雄になるのにそう時間はかからず……それに伴い、彼に憧れ勇者を志望する少年少女の数は飛躍的に増大した。

受験生の数が増えるのは悪いことではないが、質が伴わなければ意味が無い。そもそも真に気骨のある者は、誰かの後追いなどではなく己の意志で門を叩《たた》く。

スター勇者が人類に与えた希望は計り知れないが、学園側の観点からすると、有象無象の受験生を増やしただけといえた。

「次」

キールの声に従い入室してきたのは、野太い声の少年だった。

「おっしゃ！　ようやく俺の番か！　ゴルゴラ・バーグマンだ。よろしく頼むぜ」

短く刈り込んだ髪に精悍《せいかん》な顔つき。相当な鍛錬を積んできたらしく、服の上からでもはち切れんばかりの筋肉が容易に窺《うかが》える。

「で、一体何をすりゃいいんだ？」

世界最高峰の魔術師養成機関と謳《うた》われる『フーリッシュ・アカデミア』の一次試験は至って単純だ。

「【ファイヤーボール】を見せてみろ」

「なんだ、そんなことでいいのか……ほらよ」

ゴルゴラは拍子抜けしたように、手のひらの上に火球を出現させる。

「もういい」

「は？」

「失格だ。帰れ」

「ちょ、ちょっと待て！　何言ってんだアンタ！」

「聞こえなかったのか、帰れと言った」

「ふ、ふざけんな！　【ファイヤーボール】なんかで何が分かるってんだ！」

……あまりの無知に反吐《へど》が出そうになる。

【ファイヤーボール】は魔法の基礎中の基礎である。

そして、魔法の全てが詰まっていると言ってもいい。

その料理人の腕をたしかめたければ、シンプルな卵料理を頼め――という言葉があるが、魔法に関しても同様のことが言える。

【ファイヤーボール】はその人物の実力を映し出す鏡。

炎の温度、色、形状、大きさ、純度――判断材料は無数にあり、逸材はその中に必ず何かしらの光る要素を有している。熟練の魔術師であるキールがそれを見逃すことは万に一つもありえない。

「なんか？　基礎魔法の重要性を理解できていないようだな」

「んなのは分かってるわ！　でもな、俺は近接戦闘が得意なんだよ。こんなので失格なんて納得できるわけねえだろ。魔法職志望の奴《やつ》が有利なえこひいき試験じゃねえか！」

「……猿以下の脳味噌《のうみそ》だな」

「な、なんだと！」

「身体能力や純粋な魔力量では圧倒的に劣る我々人類が魔族に対峙《たいじ》する際、先人の研鑽《けんさん》によって積み重ねられてきた魔法体系を修めることは必要不可欠」

「だから俺は戦士だって言ってんだろ！」

「話にならんな、消えろ」

「話にならねえのはそっちだこのクソ試験官！」

ゴルゴラは怒声を発しながらキールを睨《にら》み付ける。

「お前をぶっ倒せば少しは俺の実力を認める気になるか、コラ」

「よかろう。では殴れ」

「は？」

「殴れと言った。早くしろ」

「お前……変な趣味でもあんのか？」

「無駄口を叩く暇があったら早く殴れ。私の表情を僅かでも変えることができたら、合格にしてやる」

「マ、マジか？」

「二言はない。やれ」

「おっしゃ！　俺はこういうのを求めてたんだよ！　お前がやっていいって言ったんだからな……どうなっても文句言うんじゃねえぞ」

ゴルゴラは鼻息を荒くじて振りかぶり、その拳をキールの腹に叩き付けた。

「オラアッ！…………………ん？」

「どうした？」

「ば、馬鹿な……な、なんだこの手応えは……」

「もう顔でいい。殴れ。それで己がいかにゴミかというのを理解しろ」

「な、舐《な》めんなこの野郎っ！」

その拳はキールの頬に直撃したが——彼の表情は微動だにしていなかった。

「分かったか。消えろ」

「ば、馬鹿なっ！　なんでひとつも効いてねえんだ！」

驚愕《きょうがく》するゴルゴラとは対照的に、キールは無表情のまま人差し指を彼に向け、その胸をそっと突いた。

「ぐあああああああっ！」

それだけで、ゴルゴラの巨軀《きょく》は、突風に晒《さら》された紙屑《かみくず》の如《ごと》く吹き飛ばされた。

「つう……クソッ、捻挫してやがる……ていうか汚《きた》ねえぞテメエ。そんなスカしたなりしてガチガチの近接系なんじゃねえか！」

　ゴルゴラは唇を噛《か》みしめながら立ち上がり、キールを糾弾する。

「捻挫か……それは悪いことをしたな」

　しかしキールはそれに応えることなく、ゴルゴラに手のひらを向け、

「【フェアリア】」

「え？　な、なんだ……痛みが全然なくなって……」

「当然だ。私はヒーラーだからな」

「ヒ、ヒーラー……う、嘘《うそ》……だろ？」

　キールは首を横に振りながら、淡々と告げる。

「だが傷は治せても、魔法による最低限の肉体強化も修めずにこの場に立つクズの脳には手の施しようがない」

「なっ……テ、テメ――」

「素のままの人間の耐久力など、魔族の攻撃の前では無に等しい。魔法による強化無しではその身は瞬時にボロ雑巾と化すことになるだろう。それは攻撃の面においてもまた然《しか》り。たとえそれが徒手空拳や武器による近接的なものであったとしても、そこに魔法による強化を付与しなければ、魔族の肌にダメージが通ることはない。魔力の高い者が魔法職に向

いている訳ではない。魔法職・戦士職といった区分けは、どのように魔力を変換するかの違いでしかない。魔法は戦闘に携わる者全ての必須スキル。故に、この世界において【ファイヤーボール】が拙《つたな》い強者《つわもの》など存在しない。以上だ」

「ぐっ……」

反論しようにも、ゴルゴラは悟ってしまっていた。

この試験官の正しさと、自分との圧倒的な実力差を。

「これで最後だ。消えろ」

「…………クソ…………クソがあああああああああっ！」

ゴルゴラは怨嗟《えんさ》の言葉を発しながら退室していった。

だが、これでいい。基準に満たない者を入学させても、命を落とすだけなのだから。

それは魔族との戦闘で、という意味合いではない。今のゴルゴラ程度では授業にすら耐えられず、無事に卒業を迎えることもできないだろう。『フーリッシュ・アカデミア』とは、そういう所だ。

命を賭《と》して、魔族との戦い方を学ぶ場所。

だからこそ、受験生の質の低下が実に嘆かわしい。

キールは内心で嘆息しながらも、試験を続ける。

「次」

「はい」

入室してきたのは、薄桃色の髪が印象的な、見目麗《みめうるわ》しい少女だった。

「フラウディア・フォウ・シンフォリアと申します。どうぞよろしくお願いいたします」

試験の公平性を期す為《ため》、試験官には受験生に関する情報は一切与えられていない。

だが、キールにはその響きに聞き覚えがあった。

（シンフォリア――抜けずの聖剣を保持する国の名だな）

歩法、礼の仕方、口調――少女の所作はその一つ一つが優雅かつ洗練されており、幼い頃から英才教育を受けてきたであろうことがうかがえる。格好こそ動きやすさ重視の軽装ではあるが、彼女はシンフォリアの王家に連なる人物であると思われた。

だが、それが試験の結果に影響を及ぼすことはない。

キールには、数いる試験官の中でも、最も公明正大な審判を下しているという自負があった。高貴な身分であろうと手心を加えることは一切ないし、逆に王族の道楽と決めつけ評定を厳しくすることもしない。

基準に達していれば通し、満たしていなければ落とす。ただそれだけだ。

「ああ。では早速試験に移る。【ファイヤーボール】を見せてみろ」

「はい」

真剣な表情で彼女が発生させた火球は――

「……………………………………………………」

「ど、どうしました？　だ、黙っちゃう程ひどいですか、私の【ファイヤーボール】……」

「いや、失敬。余りにも没個性な炎だったもので反応に困った」

「ええっ！」

その人並み外れた容姿と身分に反して、少女の魔法はあまりにも平凡だった。

「ここまで特徴のない炎は、未《いま》だかつて見たことがない」

「そ、そんなあ……」

半分涙目のようになりながら嘆く少女。優雅に見えていたのは取り繕っていただけで、こちらが本来の姿なのかもしれない。

「じゃ、じゃあやっぱり……私は不合格なんですね……」

「いや、合格だ」

「へ？」

「没個性とは言ったが、判断基準の全ての要素が平均化されていて尖《とが》った部分がまるでないという意味合いだ。魔力水準そのものは合格ラインに達している」

「あ、ありがとうございます……うう、でもなんか複雑な気分です」

少女は合格にもかかわらず、しょんぼりした様子で退室していった。

何十人かぶりの合格者ではあったが、それでもキールの憂鬱は消えない。合格ラインに達しているとは言ったが、本当にギリギリだった。この場で落とすレベルではないものの、学生同士の熾烈《しれつ》な成績争いの中で上位に食い込むことは極めて難しいだろう。

学園は、あの最悪の勇者を討ち倒せるような人材を求めている。

だが、この調子ではそんなものは夢のまた夢であろう。

「次」

キールは溜息《ためいき》を堪《こら》えながら、続いての受験生に入室を促した。

「はーい！　ヨーコ・テンドーでーす！　よろしくね、試験官さん」

彼はこのあと己の身に降りかかる厄災を、まだ知らない。

2

喧《やかま》しい、というのが第一印象だった。

「おー、なんか殺風景な部屋だねー。ここでどんな試験するのかな？　もしかして、『お前ら全員で殺し合え！』とかだったりして。まあ私しかいないけどね、あはは！」

漆黒の髪色からして東方の『平倭国《へいわこく》』出身なのであろう。

その国の女性を形容する言葉として、『神来撫子《かむらいなでしこ》』というものがある。

彼女達の奥ゆかしく淑《しと》やかである様を賛美する際に用いるのだが……目の前にいる少女からは、そんな気質は一切感じられない。

（まあそんなことはどうでもいい。重要なのは実力だ）

キールは銀縁の眼鏡を中指で押し上げながら、試験の内容を告げる。

「【ファイヤーボール】を見せてみろ」

「ラジャー！」

ヨーコと名乗ったその少女は、親指をびっ、と立てた後、火球を出現させる。

それを目の当《ま》たりにしたキールは、

「…………………………………………」

先程と同じく、言葉を失った。

「ありゃ？　なんかリアクション薄いなー。もうちょっと派手にやった方がいい感じ？」

だが、その理由はフラウの際のものとは全く異なっていた。

「待て……そのままだ。もう少し見せてくれ」

「そのまま？……ほーい」

ヨーコは首を傾《かし》げながらも、言われた通りに火球を維持する。

（驚いたな……）

極限まで紅《あか》く、暴力的なまでに激しい煌《きら》めき。周囲の空間を歪《ゆが》ませる程に高まった温度は、灼熱《しゃくねつ》と形容するに相応《ふさわ》しい。そして、一切の雑味の入り込みを許さず、究極的に凝縮された魔力純度。

これ程までに規格外の炎に巡り会うのは、試験においては初めてのことだった。

だが、完成しているかというと、そうではない。不安定で、暴発の危険も秘めるその炎はまだまだ荒削り。しかしそれは、今後いかようにも磨き上げられる余地を残してるということであり——これが可能性を見出《みいだ》す試験であるということを考えると、満点の【ファイヤーボール】と言えた。

（見つけた……）

あまり感情が揺れ動くことのないキールだが、久方ぶりに鼓動の高鳴りを感じた。

（この少女ならば……あの男を倒しうるかもしれない）

そして、全人類の悲願である魔王討伐をも——

（……いかんな。思考が飛躍しすぎている。彼女の可能性をどう拡《ひろ》げるのかはこれからじっくりと考えていけばいい。今は試験官としての責務を全うすべきだ）

キールは内心で己を戒めながら、少女に告げる。

「合格だ」

「え？　ほんと？　やった、ラッキー！」

本人は的外れな喜び方をしているが、これは決して幸運などという言葉で片付けられるものではない。

「ヨーコ・テンドー。一つ問いたい。君は魔法を修得してどのくらい経《た》つ？」

「え？　えーっと、ここにくるまでに色々乗り継いだし……多分二十日くらいかな？」

「……なんだと？　つい最近のことだというのか？　では、それまでの間は何をしていたというのだ？」

「何って、学校行ったり、遊んだり……まあ一言でいうんなら、青春？」

最後の単語の意味は分からないが、嘘を吐《つ》いているような表情ではない。

それに、膨大な出力に反比例して制御が未熟すぎる点も、修得して日が浅いということなら合点《がてん》がいく。

――天才。

キールの脳内に浮かんだのは、そんなシンプルかつ雑な単語だった。

「……下がってよろしい」

「りょーかい！　ありがとーございましたーっ！」

少女が退室した後も、キールの胸の高鳴りは収まることがなかった。

（いかんな……）

こんな様では、次の試験に影響が出てしまう。

ヨーコ・テンドーがどれだけの逸材であったとしても、それは次の受験生には関係の無い話。彼女と比較しての相対評価となってしまっては、公明正大を掲げる自分の試験信条に反することになる。

その人物が、学園が求める基準ラインに達しているかどうかを粛々と判断する。

それが試験官の仕事である、と今一度己に言い聞かせ、続いての受験生の入室を促す。

「次」

顔を出したのは、不敵な笑みを浮かべた赤髪の青年。

「マヒトだ。よろしく頼むぜ、試験官の先生」

キールは軽く頷《うなず》くと、淡々と試験内容を告げる。

「【ファイヤーボール】を見せてみろ」

「……げ」

マヒトと名乗った青年は、露骨に嫌そうな反応を見せる。

（……うんざりだな。こいつも基礎魔法を舐《な》めてかかっている口か）

先程のゴルゴラ然《しか》り、こういった輩《やから》はえてして実力が伴っていない。

「【ファイヤーボール】を見せてみろと言った」

「あー、マジか……いや、それはその……まいったな」

マヒトは困ったように頭を掻《か》く。どうやら【ファイヤーボール】を軽んじているという訳ではなさそうだが、何を迷うことがあるというのか。

「なんだ。次が詰まっているのだから早くしろ」

「あー、そうしてえのはやまやまなんだがよ、俺、【ファイヤーボール】発動できねえんだ」

「……なんだと？」

耳を疑った。

「いや、実は俺、（人間の）魔法は苦手でよ。できれば他の方法で審査し――」

「帰れ」

「ぐっ……」

ついには基礎魔法の発動もままならない輩が受験するようになったか……キールは頭を抱えたくなる衝動をなんとか押しとどめた。

「先生よ、そんなこと言わずにちょっと——」

「消えろ」

「ぐうっ……」

このような事態を防ぐ為《ため》にそれなりの受験料を設定しているのだが……あまりそうは見えないが、どこぞのボンボンなのだろうか。

あまりの厚顔無恥さに、怒りすら湧いてくる。

真剣に入学を願っている他の受験生達に失礼だ。

「あ、そうだ。俺の前にヨーコって奴《やつ》がいただろ？　実は俺、あいつよりも——」

「それ以上囀《さえず》るな、屑《くず》が」

ビキッ！

マヒトのこめかみから、何やら不穏な音が聞こえた。

「不快だ。今すぐ私の視界から失《う》せろ、塵《ごみ》」

「こ、こっちが下手に出てりゃ調子に乗りやがってこの鬼畜眼鏡！　いくらなんでも言い過ぎだろうが！」

「貴様の実力は、私が過去試験してきた全生徒の中で最低だ。死ねと言われないだけ、ましと思え」

「最低、ね…………………あっそ」

そこで、マヒトの顔つきが変わった。

ニイイ、と邪悪な笑みを浮かべ、拳をバキバキと鳴らす。

(やれやれ……)

どうやら先程のゴルゴラと同じ人種らしい。

「私を力尽《ちからず》くで黙らせて合格しよう、などという下種《げす》な考えは即刻捨てた方が身の為だ」

「あ？　力尽く？　そんなズルみてえな真似《まね》しねえよ」

返ってきたのは想定外の反応。どうやら早合点《はやがてん》──ゴルゴラよりは理性的な人間であったようだ。まあ言葉の裏に『そうする気ならいくらでもできるが』というニュアンスを滲《にじ》ませているあたりは、彼同様、身の程知らずとしか言いようがないのだが。

「では、それは一体どういうつもりだ？」

「ああ、下準備だよ。使うの久しぶりだから、ちと気合い入れねえとな」

「それはどういう──」

「【黒夜の帳《ベイビーズ・ブレス》】」

「――!?」

マヒトがその言葉を口にした瞬間、部屋の空気が一変した。

壁、床、天井――その全てがドス黒いオーラを纏《まと》い、禍々《まがまが》しい気を発している。

(なんだ、この術式は？)

魔術であることは間違いない。だが、古今東西の魔術体系に精通しているキールを以《もっ》てしても、初めて体験するものだった。

(先程のは虚言で、やはり私になにがしかの攻撃をしかけるつもりなのか？……いや、違うな、これは――)

「結界――そして外からの攻撃に対してではなく、内からの魔力を漏らさないように張られたものだ」

「お、正解。まあ万が一にも勘付かれちまったら厄介なことになるからな。こっち系のは苦手なんだが、うまくいったようでよかったぜ」

「何を言っている……貴様、一体何をするつもりだ？」

「いやなに、簡単なことだ。先生に俺のちょっ、とした魔法を見てもらおうと思ってよ」

「無駄だ。珍妙な術式をいくら見せたところで貴様の失格は覆《くつがえ》らん。試験の評価対象になるのは【ファイヤーボール】だけだ」

「了解、【ファイヤーボール】な」

マヒトは不敵にそう告げ、手のひらの上に炎を出現させ――

「ひっ……」

それを見たキールは、瞬間的に裏返った声をあげた。

「な、なななっ……なんだっ……なんだこれはぁっ！」

3

「何って【ファイヤーボール】だろ？」

マヒトは、自身が発生させた炎を眺めて、嗤《わら》う。

「ま、俺的に言うと【原初黒炎《ダンデライオン》】だけどな。一番シンプルな魔法って点では同じようなもんだろ」

「こっ……こっ……こっ……」

「なんだよ先生。トリの真似なんかしてねえで、ちゃんと審査してくれよ」

「こっ……これっ……これは……まさかっ……」

個人によってその濃淡は千差万別であるが、【ファイヤーボール】の色はみな例外なく赤だ。しかし、マヒトが発生させた炎は、この世の全ての悪意を凝縮したかのような黒――いや、違う。『この世』などという範疇《はんちゅう》では表現できない。

これは地獄だ……地獄の門が開き、その深淵《しんえん》が顕現したかの如《ごと》き漆黒だった。

「や、闇魔法……だとっ……」

あり得ない……それは決して人間が踏み込める領域ではない。

「馬鹿な……それは過去『欠聖の勇者』にしか為《な》し得なかった所業だっ……」

「なんだ、前例があんのかよ。だったら人間の、俺が使えても問題ねえな」

そんな訳がないだろう！　あれは『欠聖の勇者』が人間と魔族の混血だったが故の、奇跡のようなものだ！

そう叫ぼうとしたキールの口から出てきたのは――

「う……えっ……」

嗚咽《おえつ》だった。

理屈ではない。

死ぬ。

死ぬ……死ぬ死ぬ死ぬ死ぬ死ぬ死ぬ死ぬ、絶対に死ぬ。

こんなものをくらったら――いや、微《かす》かに触れただけで肉体は消滅し、魂までも焼き尽くされる。

恐怖——太古より存在する、根源的な感情。圧倒的恐怖がキールの全身を蝕《むしば》んでいた。

「はっ……はっ……はっ……」

その場から逃げ出さなかったのは、恐怖より試験官としてのプライドが勝ったからではない——単純に、腰が抜けて動けなかったのだ。

「なあ先生、これ、【ファイヤーボール】ってことにしてくれねえかな?」

返事をしようとしたが、ひゅう、という息しか出てこなかった。

キールは言葉の代わりに、首を何回も横に振る。

「駄目か……あ、そうか。これ、ボールになってねえもんな」

その悍《おぞ》ましいエネルギーは、彼の手の上でゆらゆらと不定形に脈打っていた。

「よっと……これでどうだ」

マヒトはそれを、両手でぎゅっぎゅっと、丸めてみせた。

まるで泥団子を作って遊ぶ子供のような手軽さで。

「うし、立派な【ファイヤーボール】になったな」

ふるふるふるふる。

「えー……マジかよ……そっか、色か! 色がいけねえんだな」

マヒトはもう片方の手をすっ、と掲げ——

その鋭利な爪で自分の首筋を掻き切った
（ひいいいいいいっ！）

噴き出した鮮血が魔力の塊に降りかかり、その色が深紅に染まる。

「うし。これで完璧なファイヤーボールになっただろ」

ふるふるふるふるふるふる！

「これでも駄目か……てかセンセ、なんでそんなにビビってんだよ。血液を媒介にした魔法なんて（人間の方でも）別に珍しかねえだろうに」

（こ、こんな血液魔法があってたまるかああああああっ！）

新たな力を受け、ボゴッ、ボゴッ……と、表面を沸き立たせているその何かは、さながら全てを焼き尽くす、小型の太陽のようでもあった。

怖い。

死ぬほど怖い。

というかこのままでは死ぬ。

一刻も早くこいつに出て行ってほしい。

一秒たりとも同じ空間にいたくない。

「ご、ごう……格だ」

「え？」

キールは決死の思いでなんとか声を絞り出した。

「も、もう合格でいいっ！　お前は合格だから早く退室しろっ！」

「お、マジか。じゃあこれ、【ファイヤーボール】って認めてくれんだな」

「い、いや、これは断じて【ファイヤーボール】ではないが……も、もう合格にするから
とっとと消えてくれっ！」

「え、じゃあヤダよ。なんかズルみてえじゃねえか」

（なんか面倒臭いこと言い出したぞ！）

「ち、違う。【ファイヤーボール】はあくまで実力を測る指標だ！　お前はもうそういう
範疇には収まらないから合格でいいんだっ！」

「は？　そんな特別扱いは好きじゃ――」

「じゃあ【ファイヤーボール】だ」

「え？」

「これは【ファイヤーボール】だ」

「おいおい、待てよ先生。さっきアンタが【ファイヤーボール】じゃねえって――」

「いや、【ファイヤーボール】だ」

「せ、先生……なんか目が怖くなってんぞ」

「お前の発生させたこれはどこからどう見ても【ファイヤーボール】だ。正真正銘の【ファイヤーボール】だ。一片の疑いも無く【ファイヤーボール】だ！」

「い、いや、なんかそんな無理矢理な感じで――」

「【ファイヤーボール】だって言ってんだろ殺すぞテメエエエエエエエエエエッ‼」

「お、おう……」

キールのあまりの剣幕に、思わずたじろぐマヒト。

「出てけ受験生マヒト！　いや、なんならもうお前が【ファイヤーボール】だ！　出てけこの【ファイヤーボール】野郎！」

「わ、分かったよ……でも、先生、一つだけ約束してくんねえか。ここで見たことは絶対誰にも口外しないって。そうしねえと、記憶をちょっとだけイジる羽目に――」

「言う訳ねえだろおおおお！　あんなのもう思い出すのも悍ましいわ！　死ぬわ！　あんなの脳裏に留《とど》めといたらストレスですぐ死ぬわボケエエエエエエエッ！」

「が、学園の教師ってこんなヤベえ奴《やつ》ばっかりなのか……」

マヒトはぼそりと漏らし、ドン引きしながら退室していった。

その姿が完全に見えなくなったのを確認したキールは――

「…………………」

魂が抜けたような表情で、魔導通信端末を操作した。

「……はい、私です。サウザンドです。申し訳ないが代わりの試験官を用意して下さい」

キール・サウザンドはこの日、長い職務生活の中で初めて早退の権利を行使した。

そして、虚《うつ》ろな目をしたまま、手のひらに火球を出現させ、

「……【ファイヤーボール】っていうのはこういうものなんだよ」

じゅっ。

己の股間から僅かに床に漏れ出た液体を炎熱消毒してから、自らも部屋を後にした。

4

「うお、こりゃまたすげえ人だな」

第二次試験会場に入ったマヒトは思わず感嘆の声を上げる。

「おー、ほんとだ。ひいふうみい……うーん、三百人以上はいそうだね」

ヨーコも物珍しそうにキョロキョロし、フラウはそれに同意しながら補足を入れる。

「ですが、これでもおそらく全員ではないかと。他にも二つ、会場があるようですし」

「おいおい、マジかよ。じゃあ一次突破した奴、千人くらいいるってことか？　一体何人受けてんだよ、この試験」

「はい。公表されている情報によると、一次を通過できるのはおおよそ十人に一人……そこから逆算すると、今年は一万人近く受験者がいたことになりますね」

「そっかー。ここにいるのは選ばれし三百人ちょいなんだね！　おー、そう聞くとみんな強そうに見えてきた」

はしゃぐヨーコと共にマヒトも辺りを確認する。

「成程。どいつもそれなりの面構《つらがま》えだな。少なくとも完全な雑魚《ざこ》はいなそ——」

「あ————っ！」

「うおっ！　ヨーコお前、いきなり大声出すんじゃねえよ！」

「あ、メンゴメンゴ。でもでも見てよマッヒー、日本刀！　日本刀持ってる人がいるよ！」

「ニホントウ？」

マヒトは聞き慣れないその単語に首を傾《かし》げながらも、ヨーコの視線の先を辿《たど》る。

そこには金髪の少女が一人、佇《たたず》んでいた。

顔の造作自体は非常に整っているが、表情には覇気がなく、瞳もどこか気怠《けだる》げだ。

身につけている衣装はマヒトが初めて目にする類いの奇異なもので、その腰には何やら細長い武器が携えられていた。

「それって、あの妙な形の剣（？）のことか？」

「そうそう！　まさかこんな所で見られるとは思わなかったよ！　ていうか、本物生で見るの初めてだよ私！」

興奮しながら瞳をキラキラさせるヨーコ。

「知らねえな、そんなニホントウなんて武器は……」

とはいえマヒトは人間達の地理や文化に関しては相当に疎《うと》い。

「どうなんだ、フラウ」

三人の中ではその辺りに一番詳しそうなフラウに疑問を向ける。

「あ、はい。私も実物は初めて見ましたが……あれは平倭国の倭刀《わとう》じゃないですかね」

「ヘイワコク？」

今度はヨーコが首を傾げる。

「え？　まさかご存じないんですか？　ヨーコさんのお見かけからして、勝手に平倭国出身だと思ってたんですけど……」

「あーなるほど！　ここの中で、日本的な位置づけの国ってことね。理解した！　でもまあ、この際名前なんてどーでもいいや。とにかくあれはロマンなんだよロマン！……うおー、滾《たぎ》ってきたぜぇ。マッピー、フラフラ、ちょっと突撃してくるね！」

「え？　ヨーコさんちょっと待っ――」

「うお――――――――――っ！」

フラウが止める暇もなく、ヨーコは金髪の少女へ向かって爆走していた。

「こんちはっ！」

瞬《また》く間《ま》に少女のもとまで辿り着いたヨーコは、満面の笑みを向けた。

「……くあ」

対する少女は、それには何の反応もみせずに、あくびを漏らす。

「あのー、もしもーし」

「え？　私？」

そこでようやくヨーコの存在に気付いたらしい

「そーそー。私、ヨーコ・テンドー！　馴《な》れ馴れしいと思ったんだけど、その日本と――じゃなかった、倭刀があまりにかっこいいもんだから、我慢できなくて声かけちゃった。よければちょっと抜いて見せてくれないかな？」

「え？　ダルいから普通に嫌だけど。初対面でそんなこと言い出すなんて、お姉さん、頭おかしい人？」

「う、うおう……こ、こいつは辛辣だぜぇ……」

いきなり相当な毒を吐かれたヨーコは、オーバーリアクション気味にたじろいでみせるが、諦めた様子はなかった。

「じゃあ全部とは言わないから、ちびっとだけでもどうかな？」

「だから無理。あー、なんかもう、喋《しゃべ》るの面倒になってきたからあっち行ってくれるかな？　私、君みたいな軽薄な人、苦手なんだ。それに声大きくてうるさいし」

「が、がびーん……」

「ヨ、ヨーコさん、いきなり失礼ですよ」

そこへ、追いついてきたフラウが割って入る。

「うわーん、フラフラ、ケーハクだって言われちゃったよー」

「いや、ヨーコさん、どう考えても厳かではないですから間違いではないかと……」

「尻軽のフラフラにそんなこと言われる筋合いはないやい！」

「誰が尻軽ですか！」

フラウはツッコミの声を張り上げた後、呆《あき》れたように嘆息する。

「ほら、もうあっち行きますよ、ヨーコさん」

「えー、でもでも日本刀だよ。しかもその使い手が和装の金髪美少女。こんなギャップ萌《も》えってある？　いや、ないね！」

「ちょっと何言ってるか分からないんですが……とにかく我が儘《わがまま》言っちゃ駄目ですよ」

フラウは母親のようにヨーコを優しく窘《たしな》めると、少女に向かって一礼する。

「すみません、不躾《ぶしつけ》に失礼いたしました」

「あー、別に。人と絡《から》むのダルいし、いなくなってくれればそれで」

「あ、あはは……ほら、ヨーコさん」

「うう……パツキンポン刀なんて、垂涎《すいぜん》ものなのにぃ……」

「……まあでも確かに組み合わせとしては不思議ですね。平倭国の方は皆さん、ヨーコさんのような黒髪ですし。金髪と碧《あお》い眼《め》から察するに、あの方は北方の出身かと思われます。極東にある平倭国は他国との交流を極端に制限していて、断絶に近い状態ですから、関わり合いになる機会はほぼないはずです」

「へー、そんな江戸時代みたいなことやってるんだ。おっくれってるー。でも、そういうことなら、ビジュアルのギャップだけじゃなくて、刀持ってるの違和感だよねぇ」

「ええ、倭刀はほどんど国外に流出していないはず……私も資料の上での知識としては知っていましたが、実際に見たのは初めてです」

フラウは言いながら、少女と刀に視線を向ける。

「君の中では、勝手に他人の事情を詮索するのは失礼に当たらないんだね」

「うええっ！　こ、この距離で聞こえてっ……ご、ごめんなさい！」

少女の異様な聴覚にフラウが声を上げる中、

「ははっ！　お前らデリカシーが無いんだよ、デリカシーが」

マヒトが、フラウとヨーコの横を通り過ぎて、少女に笑いかける。

「ようねーちゃん、ウチのアホコンビが悪いことしたな。悪気はねえから許してやってくれ」

「初対面の人間をねーちゃんとか呼んじゃう人にもデリカシーはゼロだと思うよ」

「ぐっ……」

「あはは！　言われてやんのー」

「う、うるせえ！」

ヨーコに睨《にら》みを入れながら、マヒトは咳払《せきばら》いをして一拍入れる。

「ごほん……それもそうかもしれねえな。悪かった。俺はマヒト、ねーちゃ――じゃなくって、おま――それもやめとくか……アンタの名前は？」

「なんか君、関わり合いになるとめんど臭そうな顔してるから、パスで」

「こ、こいつ……」

マヒトは顔を引き攣《つ》らせるが、対照的に少女の表情は微動だにしない。

「ああ、ごめんごめん。私、基本的に口悪いから。でもなんかそういうのとはちょっと違うんだよね。上手《うま》く説明できないんだけど、君を見てるとなんか無性に胸がざわざわして……ああ、生理的に無理っていうの？」

「ケンカ売ってんのかお前！」

「え？　そんなダルい真似《まね》しないよ？　あ、なんかちょっと眠くなってきたから、もう終わりでいい？」

あまりにマイペースなその調子に、マヒトは毒気を抜かれてしまって呆れ返る。

「お前なあ……これから一緒に魔王を倒そうって仲間なんだから、もう少し友好的にしてもいいんじゃねえのか？」

「──魔王を倒す？……それ、本気で言ってる？」

「当たり前だろうが。勇者になろうってのは結局魔王を倒すのが最終──」

「こんなに弱いのに？」

「――っ⁉」

マヒトの喉元には、いつの間にか刀の先端が突きつけられていた。

それは抜き身ではなく鞘《さや》に納められており、殺傷能力は皆無……しかしこれが実戦であったならば、既に勝敗は決している。

「君、もう帰った方がいいよ」

「な、なんだとテメエ！」

「この程度で魔王を倒そうなんて、よく言えたもんだね」

「こ、この……なめんなっ！」

マヒトは突きつけられたそれを振り払おうとするが、

「あ、汚い手で触らないでね」

彼女は目にも留《と》まらぬ速度で刀を引き、流麗な動作で腰に納めた。

「あー、たくさん喋ったらなんか疲れてきた……ダルぅ～」

そして、踵《きびす》を返すとそのままふらふらとした足取りで、他の受験生の中に消えていった。

「ま、待てっ！……ぐっ……直接バトる試験とかあったら絶対ボコボコにしてやっかんな！　覚えてやがれこの野郎！」

「あはは！　マッヒーなんか雑魚《ざこ》キャラの捨《す》て台詞《ぜりふ》みたーい」

「ぐっ……」

不覚を取ったのは事実であるので、何も言い返せないマヒト。

「でもでも、あの子、滅茶苦茶《めちゃくちゃ》動き速くなかった？　私、全然見えなかったよ」

「……ああ、態度はクソムカつくがかなり出来るぞ、あいつ」

あの一瞬の動きだけで圧倒的な実力が窺《うかが》えた。

(だがあれは先天的な才能じゃねえな。おそらく泥臭く積み上げられてきた強さだ。あの年にして相当潜《くぐ》ってきてやがる)

そして、マヒトがその力量以上に気になったのは、

(あいつのあの目……あれは――)

「皆様お待たせいたしました。これより二次試験を開始します」

マヒトの思考は、前方から響いてきたアナウンスによって遮られた。

会場中の受験生の視線が一斉に、壇上の男性に向けられた。

「お、やっと始まるか」

マヒトも少女への怒りを中断し、それに倣《なら》う。

「私はこの会場を担当する試験官のモーリアと申します。どうぞお見知りおきを」

三十絡《がら》みのその男は、丁寧に一礼をしてみせた。一次でマヒトを担当したキールよりも、大分柔らかい印象だ。

「皆様、まずは一次試験の突破、おめでとうございます。その一次は魔法を使用したとはいえ、実質面接のような形でしたが……ここからは本格的な実技での試験となります」

試験官のその言葉で、自信を漲《みなぎ》らせる者、緊張を滲《にじ》ませる者、表情を全く変えない者——受験生達の反応は千差万別。

だがここに、人一倍焦《あせ》っている男がいた。

（……ヤべえな、実技ってことは当然魔法必須だよな……この衆人環視の中じゃ、さっきみたいに結界張ってって訳にゃいかねえし……さて、どうする？）

「それでは皆様、まずは三人組を作ってください。この二次試験はその三人を一チームとして行います」

（三人組？……しめた！　クク、最高の展開じゃねえか）

「うし、ヨーコ、フラウ、俺達は考える余地ねえな」

「そうだね、もう私達三人でけってーだね！」

「あ、でも……」

「どうした、フラウ？」

「いえ……　お二人と組めば心強いのはたしかなんですが……それでいいのかな、って」

「へ？　どゆこと？」

「おそらく、私は一次試験を通過したのもギリギリだったと思うんです。そんな私が、仮にお二人の力を借りて三次試験に進めたところで、それはなんか違うというか……」

「あはは！　フラフラまっじめー。気にしないで寄生しまくればオッケーじゃないかな。私なんか、肉弾戦とかあったらマッヒーに押しつける気満々だし」

「クク、気が合うな。俺は魔法関係全般、お前らに丸投げすることに決めてるぜ」

一次では【ファイヤーボール】を見るという試験だった為《ため》、それにこだわったマヒトだったが、三人一組というルールなのであれば、その範囲内でチームのメンバーに頼ることはなんら問題がない。

「そ、そんな適当な……お二人は実力がありますからそれでいいんでしょうけど……」

「ハハ！　ヨーコの言う通り、お前はちと真面目過ぎだな。つーか、上位魔族とタイマンなんて勇者クラスじゃねえとできねえんだろ？　人間の対魔族戦闘は基本的にチームで動くって訳だ。この試験はおそらくその縮図――個人がどうこうよりも、いかにチームが成果を上げるかってことが重視されんじゃねえか？」

「な、なるほど……」

フラウの懸念《けねん》を払拭《ふっしょく》させる為にやや都合の良い解釈を告げたが、その認識は大筋では間違ってはいないはずだ。

「余計なこと考えてねえで、この三人で突破を目指すぞ」

マヒトはフラウの頭にぽん、と手を置いた。

「は、はい！」

それだけでフラウの目は、前向きな光を取り戻した。

「うわー、フラフラ、相変わらずチョロいなあ……」

ヨーコがぼそりと呟《つぶや》く中、マヒト達以外もチームが構成されつつあった。

近接戦重視のパワーチーム。物理、魔力、知識を満遍なく揃《そろ》えたようなバランス型。とりあえず近くにいた者同士で組んだ適当タイプ。

その内訳は様々であるが、程なくして全チームが出揃《でそろ》った。

「ありがとうございます。それでは試験内容を発表させていただきます」

試験官モーリアはにっこりと微笑《ほほえ》み、言葉を続けた。

「第二次試験は、このチームのメンバー同士で争っていただきます。その結果により、二名が最終試験に進み——残りの一名はここで脱落となります」

「は？」「え？」「へ？」

5

マヒト、フラウ、ヨーコは揃って間抜けな声を上げた。

「……この三人で、争うだと？」

「……え、えーっと、私の記憶が確かならさっきマヒトさん――」

「チームの力が大事だ。三人で突破するぞ（ドヤッ）とか言ってたね」

「う……しょ、しょうがねえだろ。こんな底意地の悪い真似されるなんて思わねえよ！」

マヒトが声を張り上げる中、試験官モーリアの説明は続く。

「形式は三人での同時対戦ではなく、一対一を順に行う形とします。それを続け一番最初に連勝した者が勝ち抜け。残りの二人は、どちらかが連勝するまで対戦を繰り返していただきます。なお――」

「ちょ、ちょっと待ってください！」

その途中で、受験生の中から声が上がった。

吊《つ》り上がった瞳が印象的なその少女は、モーリアに非難の視線を向けている。

「私は補助魔法を得意としています。一次試験は、得手不得手関係なく、全ての基本である【ファイヤーボール】が審査基準でしたので意図は理解できましたが……この試験内容はあまりに不公平です。直接戦闘を得意とする人間には敵《かな》うわけがありません！」

「至極当然の提言ですね」

言葉を遮られたモーリアだが、気分を害した様子もなく、少女に微笑みかける。

「ですが早とちりをしてもらっては困ります。対戦とは言いましたが、それは戦闘行為だけを指す訳ではありません。皆さんには一戦ごとに異なるテーマで争っていただきます。それはたとえば魔物に関する知識を問うものであったり、魔法の技術を試すものだったり、単純な腕力が物を言う形式だったりと、千差万別です。そして、同じ系統のテーマは連続して選ばれることのないように調整してあります」

「……成程」

「ご納得いただけましたか？」

「いえ……まだです。同じ系統は連続しないということでしたが、それでも自分の本領が発揮できるテーマに一度も当たらないパターンだってあるはずです。そんな運任せの方式で本当の実力者が選別できると思われますか？」

「貴方《あなた》は勇者『フェアリス』をご存じですか？」

モーリアは少女の問いには答えずに、逆に質問を投げる。

「え、ええ……勿論《もちろん》。世界最高のヒーラーとして名高い英雄です」

「そうですね。彼女の回復術は比肩《ひけん》する者無き人類の頂点。即死でさえなければ、どのような傷であっても治癒できるとまで言われています。ですが、そのヒーラーとしての面だけが一人歩きし、こちらはあまり知られていないのですが……フェアリスは世界有数の格闘技術の持ち主でもあります」

「そ、そうなんですか？」

「ええ。彼女には残念ながら攻撃魔法の才能、そして武器に攻撃能力を付与する才能が全くありませんでした。単身での完結した対魔族能力が求められる勇者を目指す上で、それは致命的。そこで彼女は徒手空拳での格闘術を血の滲むような努力で極めました。魔術による肉体強化の才能も並でしたが、卓抜した格闘技術でそれを補い、魔族を単体で屠《ほふ》る境地にまで達しました。半永続的に自己回復魔法をかけながらの長期戦――それがフェアリスが研鑽《けんさん》の末に編み出した戦闘スタイルです。そしてそれでは攻撃の手がまだ足りないと思った彼女は、薬学や魔族知識を徹底的に修め、効率を最高レベルにまで高めた毒物攻撃というサブウエポンを保持するに至ります。ですが彼女の向上心はこれに止《とど》まりませ
――」

「も、もう結構です！」

少女はたまらず、といった感じでモーリアの言葉を中断させる。

「フェアリスさんが多才なのは分かりましたが、私が言っているのは、この二次試験における話です。そんな勇者なんて選ばれし人と比べられても――」

「死にますよ」

「え？」

モーリアはこれまで通り、微笑みを湛《たた》えていたが――その目は笑っていなかった。

「貴方は勇者になることを目指していないのですか？」

「そ、そんなの当たり前じゃないですか！　そんな確率の低いこと、目標になんてしませんよ。私は、この学校をいい成績で卒業して、そのまま魔伐ギルドに就職できればいい――」

「では帰りなさい。そのような志では命を落とします」

「なっ……なんでそんなこと言われなきゃならないんですか！　実際、学園の卒業生からは魔伐士がたくさん出てるのに……」

「それは結果的にそうなっているだけです。貴方は先程勇者を選ばれし人と表現しましたが、その認識は間違いです。本気で勇者を目指し、それでもその資格を得られなかった選ばれし人間が魔伐ギルドに籍を置くことができるのです。ここは貴方のような就職試験感覚の方が足を踏み入れられる場所ではありません」

「っ……じゃ、じゃあ、勇者は一体なんだって言うんですか」

「人外。魔族と対等に渡り合うには人のままにあってはならず。この学園は、選ばれし者を人ならざる存在に変貌させる場所です。そして、死ぬと言ったのは脅しや誇張ではなく、厳然たる事実です。魔物との実戦も頻繁に行われる授業は過酷の一言につきます。創設以来、我が学園において年間で生徒の死者が出なかった年は、一度としてありません」

「「「「――っ！」」」」

少女だけではなく、会場全体に動揺が走る。

今、モーリアが語ったことは当然、知識としては理解している。

試験申し込みの際に、『学園側は受験生並びに生徒の生死に関して一切の責任を負わず』という旨《むね》の書類にサインをしてもいる。

だが、温和に見えたモーリアが瞳の奥に冷徹な光を宿らせ、淡々と事実を語る様は、受験生達に恐怖の芽を植え付けた。

「そして、この二次試験においても同じことが言えます。直接的な戦闘における過度な攻撃は勿論我々試験官が止めに入りますが、物事に絶対はありません。貴方達がこの二次試験で命を落とす可能性はゼロではない」

「「「「っ…………」」」」

その言葉を受け、各々のチームメイトに視線を向ける受験生達。

「ちなみに、故意に命を奪うような輩《やから》は当然失格となりますが、本気でぶつかりあった結果の事故はマイナス評価にはなりません」

そこで、それまでとは明らかに趣を異にした薄笑いを浮かべるモーリア。

「その前提を踏まえた上で、最終確認をしましょう。この二次試験――棄権を希望する方は挙手をお願いします」

「…………………………………………はい」

最初の一人の手が挙がったのを皮切りに、決して少なくない数の腕が掲げられていく。

「よろしい。状況を冷静に判断し、引くのもまた一つの勇気です。そして、皮肉ではなく本音で申し上げます。この先学園の生徒になる人間よりも、貴方がたの方が幸せな人生を歩めるでしょう」

元の温和な笑顔に戻ったモーリアは、棄権を申し入れた受験生達に退室を促していく。

「――さて、棄権者が出たことにより、二名になったグループもいくつかあるかと思いますが、この試験は必ず二名を通過させるというようなものではなく、一名を落とすことを目的としたものですので、一度バラしてから再度組み直すようなことはしません。一対一で、どちらかが連勝するまで繰り返していただき、その一名のみが最終試験に進めるものとします」

「あ、あの……」

そこで一人の少年が、不安そうに手を挙げる。

「僕のグループは二人とも棄権してしまったのですが……この場合はどうすれば？」

「ああ、そこまで極まっているのなら貴方は二次試験通過で構いません」

「へ？」

「勇者にとって、運も重要な資質の一つです。貴方に実力が伴っていなければ次の最終試験で落ちるだけの話ですから。とりあえずこの場はおめでとうございます」

「は、はい……ありがとうございます……」

少年のその表情に、二次試験を通過した喜びなどは欠片《かけら》もない。青ざめたその様子から察するに、先程の棄権勧告をギリギリで踏みとどまったところだったのだろう。

「おもしれえ……あの試験官の様子から察するに、脅しの類いじゃなくガチで危険な学園らしいな。命の保障は無いそうだが、お前らは帰らなくてよかったのか？」

マヒトは不敵に笑いながら、隣にいる二人の少女に問いかける。

「ふふ、愚問だよキミィ。勇者王に、私はなる！　って感じかな。あ、それだと海賊じゃなくてロボットみたいになっちゃうけど」

ヨーコはそれにノータイムで迷いもなく答え、

「わ、私は正直、勇者になろうなんて大それたことは考えてなくて……試験官の先生のお話からすれば、棄権すべきなんでしょうけど……魔族によって傷つけられる人達を助けたいという思いは、誰にも負けません」

フラウは戸惑いつつも、根底にある信念を感じさせる言葉を返した。

「クク、上出来だ。じゃー心おきなくぶちのめせるな。俺らで争うのは予想外だったが、こうなっちまった以上、俺は手加減するつもりはねえぜ」

「ははん、そう簡単にいくと思わない方がいいですぜぇ、旦那」

いきなりバチバチと火花を散らす二人に、苦笑いを浮かべるフラウ。

「あ、あはは……でも、それぞれのグループの進行とか判定はどうするんでしょうね？見たところ、試験官の方々は数人しかいないみたいですけ――ん？」

疑問を抱いたフラウの足を、何者かがチョイチョイと突《つっ》いた。

彼女が視線を下げるとそこには――

フラウの膝丈くらいの小人が、ちょこんと立っていた。

「わーっ！　なにこれなにこれ！」

同じく視線を落としたヨーコがはしゃいだ声をあげる。

「あー、一種の使い魔みたいなもんだろ、試験官達の。見たとこ他のグループにもそれぞれ一体ずついるみてえだし、こいつらが進行するんじゃねえか？」

魔族の中にも、自らの魔力から生成した魔導生物を使役している者がいた。

上位魔族の使い魔はそれ単体でも絶大な戦闘力を誇るが――これは、それよりも純度を薄めて量産性を重視したものだろう。

「か、かわいーです」

フラウの言葉通り、小人の容姿は非常に愛らしかった。お伽噺《とぎばなし》にでも出てきそうなメルヘンチックな衣装を身に纏《まと》い、そのつぶらな瞳でフラウを見上げている。

「ほああ……な、撫《な》でてもいいんでしょうか、この子……」

フラウが口元を緩ませながら、その頭に手を伸ばすと――

『気安く触んじゃねえこのダボが！』

「へ？」

小人から、野太いオッサンみたいな声が飛び出した。

『俺っちはあそこにいるモーリアの名代、テメエらの命運を握る試験官様だ！　畏れろ！　敬え！　このスットコドッコイが！』

「く、口が……口が悪いです……」

フラウは撫でようとした手をピタリと止め、思わず一歩たじろいだ。

「あはは！　なんか喋《しゃべ》り方、江戸っ子みたい」

「てか、隣のグループの使い魔は穏やかに喋ってんぞ……こいつハズレじゃねえのか」

『あ？　なんか言ったかそこの赤毛。ここでは俺っちがルールだ。次生意気な口利いたら即失格にしてやんぞこのトーヘンボクが！』

「こ、こいつ……」

『それとそこのなんかエロい店のオプションみたいな格好した黒髪！　テメエも俺っちの言うことにおとなしく従えよ！』

「あはは！　まだ現役だからイメージ的なアレじゃないけどね。オッケーオッケー」

『よし……最後にそこのペチャパイ以上普通未満！』

「私だけ呼び方の法則性おかしくないですか！」

『やかましいこのトンチキが！　テメエは神聖な俺様に触れようとしたんだから、このくれえ当然だコンチキショウめ！』

「うぐ……」

「まあ江戸っ子にコンプライアンスとかないだろうしねえ」

ヨーコが、よく分からない喩《たと》えを口にしながらニヤニヤする。

『うし。早速二次試験を始めんぞ。まずは一発目、赤毛と黒髪！　そんじゃ対戦方法を決定すっぞコノヤロー！』

その言葉の直後、ジャコ！　という音がして、小人の顔面部分が変化する。

それまでつぶらな瞳だった部分が長方形の小窓のような形になり――その内部がスロットと化して、高速回転し始めた。

『ドゥルドゥルドゥルドゥル……』

音楽機能はついていないらしく、自分の口でドラムロールを口ずさむ小人……非常にシュールな光景だった。

程なくして『チーン』！　という声が発せられ、リールの動きが止まる。

『うし……決まったぞ！　お前ら読め！』

（自分で読めねえのかよ……）（自分で読めないんですね……）（自分で読めないんだ……）

まあ目の部分が変化しているので、ある意味当たり前と言えるのかもしれないが……心中でツッコまずにはいられない三人だった。

「ふむふむ、《肉体強化腕相撲対決！》って書いてあるね」

代表してヨーコが読み上げると、再びジャコ！　と音がして、つぶらな瞳に戻った小人は満足げに声をあげた。

『うしご苦労。ま、これは説明の必要もねえな。読んで字の如《ごと》し、魔法で身体能力を高めた状態での腕相撲だ』

（……しめた）

これはマヒトにとって都合のいい課題だ。

ヨーコは回復や補助に関しての才能はからっきしだが、直接戦闘に関連するそれは凄《すさ》まじい。【ファイヤーボール】等の攻撃魔法はもとより、魔力を身体《からだ》に巡らせ、物理的な攻撃力や防御力を上げる肉体強化——この方面においても、比類なき才能を発揮していた。

が、それを考慮しても、強化されたヨーコの筋力はマヒトの『素』の身体能力には遥《はる》かに及ばない。これは慢心や過信ではなく、厳然たる事実だ。

「ハッ！　お題と相手が悪かったな」

「ふっふっふ。私の溢《あふ》れ出る才能は、マッヒーの予測を遥かに超えてしまっているのだよ」

両者共に不敵な笑みを浮かべ、自信を漲《みなぎ》らせる。

『準備はいいか？　それじゃあ肉体強化を施した上で、そこの魔導パッドに肘を置きやがれってんでぃ！』

　小人の指示に従い、テーブルの上に置いてある円形のパッドに肘をセットする二人。

『うし、そんじゃいくぞ。レディー…………………ゴオッ！』

「オラアッ！」

「おりゃーっ！」

　両者が渾身《こんしん》の力を込めた結果――

「……ん？」

　マヒトの腕が、曲がってはいけない方向に曲がっていた。

「ぐあああああああっ⁉……ば、馬鹿なっ……い、いでえええっ！……ぐっ……一体何がどうなってやがるっ！　最終的な腕力はどう考えても俺の方が上の筈《はず》だっ！」

『ハア？　腕力なんて全く関係ねえぞこのスットコドッコイ』

「ど、どういうことだ？」

『何の為《ため》に下に魔導パッドを敷いていると思ってんだ。このパッドが、純粋に魔力で強化された値だけを読み取り、それを反映させてお前らの身体にフィードバックしてんだよ。お前がどんだけ脳筋野郎でも全く意味ねえんだよニャロメ』

　万が一にも感知されることを警戒し、魔力を使用しなかったマヒトの強化値はゼロ。たとえ相手がヨーコでなかったとしても、勝負になる筈がない。

『ってことでこの勝負、黒髪の勝ちだテヤンデエ！』

「ふふん、どうやら私は既にマッヒー超えを果たしてしまったようだね。怖い……己の才能が怖い」

「ちょ、調子に乗りやがって……」

だが実際に叩《たた》きのめされているマヒトはそれ以上何も言えず、歯噛《はが》みするしかなかった。

『うし、続いて二回戦。黒髪対中途半端乳《ちち》な』

「だからなんで私だけそっち系の呼び方なんですか！」

『っせーな……じゃあ黒髪対ピンク頭で』

「それもなんか誤解を受けそうなネーミングですが……」

『細かいこと気にしてねえで始めんぞ！　さっきモーリアが言った通り、同じ系統のお題は連続しねえからな。ドゥルドゥルドゥルドゥルドゥル…………チーン！』

相変わらず自分で読めない小人の代わりに、フラウが読み上げる。

「えっと……《魔法創作対決！》だそうです」

『ご苦労。まあこれは魔力操作の技術を要求する課題だな。お前ら、即興で何か魔導生物を創ってみな。その練度を俺っちが公正に判断してやる』

（や、やりました……ヨーコさん、魔力量は凄《すご》いですけど、性格的に大雑把ですからね。細かいコントロールということなら私にも勝ち目が――）

「うえええええっ！」

フラウは思考の途中で素っ頓狂な声をあげた。

その眼前に、炎のドラゴンが屹立《きつりつ》していたからだ。

「ほい、こんなもんでどーでしょ」

ヨーコがほぼ一瞬で出現させたその炎竜は、存在感、魔力純度、そしてその細部の精密性……全てが圧倒的だった。

『おー、こりゃすげえ。このレベルは入学試験ではそうそう見たことねえぞ』

「ふっふーん。まあ実物を目の前で見たからねー。でもまだまだこんなもんじゃないよ！」

そしてヨーコが次に出現させたのは、

「なっ……！」

頭部は炎、首は雷、胴体は風、四肢は水――四大属性魔法で混成された異質のドラゴン。

「よ、四種混合魔法……嘘《うそ》ですよね……」

王城のミノタウロス戦において、水雷をミックスさせただけでも衝撃的だったのに、そこから僅か二十日程度でその二倍——いや、四種の均衡を保つ複雑さを考えれば、難易度は数倍に跳ね上がっているだろう。

『おいおい、やるじゃねえかこの野郎！』

「どもどもー」

使い魔からの賛辞を受けたヨーコは、満足気に二体の竜をひっこめた。

そして、あれだけの出力だったのにもかかわらず平然としており、疲弊した様子もない。

（て、天才としか言いようがありません……）

改めて、勇者適性値９９９の力に驚愕《きょうがく》するフラウ。

『よし、次はピンク頭だな。まあかなりハードルは上がってるが、気合いでいけ気合いで！』

「わ、分かりました……」

正直、彼我の戦力差は絶大だが……フラウはまだ絶望していなかった。

先程も考えた通り、これはあくまで魔力操作の技術を測る試験……魔力量そのものは評価項目に入っていないはずだ。

（でも、ヨーコさんがあそこまで緻密な操作ができるのはちょっと計算外でした……でしたら私はこっち方向で攻めるしかありません！）

ドラゴンの猛々《たけだけ》しさと、精緻な部位の再現力は圧倒的。それと同じ土俵――リアリティの追求で戦っては勝ち目がない。

(私が魔力で表現するのは……究極のかわいさです!)

ヨーコはイメージを固め、渾身の作品を顕現させる。

そして、顕現した魔導生物は――

『……なんだこれ?……潰されたカエルか?』

「猫ちゃんですよ!」

そこに鎮座していたのは、子供の落書きのようなトンデモ生物だった。

『ピンク頭……お前、芸術的センスゼロだな』

「うぐっ……」

『まあ、あくまで魔術操作を問う対決だから、そこは評価点にはならねえけどな。で、肝心の操作技術だが……まあ可も無く不可も無く、ってとこだな。外見自体はインパクト有りだが、それ以外は極めて平凡だなバーロー』

「うぐぅっ……」

『ってことで、この勝負は黒髪の圧勝――そして連勝により二次試験突破だベラボウめ!』

「ひゃっほーい！」

早々と通過を決めたヨーコを横目に、マヒトは内心で頭を抱える。

(ヤ、ヤベえ……ここからはフラウと俺の一騎打ち。お題によっちゃ、完全にアウトだ)

『うし、そんじゃー一度負けたトンチキ同士でサドンデスしてもらうぜ。続く三回戦……ドゥルドゥルドゥルドゥルドゥル……赤毛、読み上げろ！』

表示された文字を目にしたマヒトは、ほっと胸を撫《な》で下ろす。

「《魔法・魔族知識対決》だとよ」

これならば、まだ勝負のしようがある。

人間の魔法に関する問題であればお手上げだが、魔族やモンスターに関する問題だったなら、マヒトが圧倒的に有利……運任せではあるが、先程の対ヨーコのようなワンサイドゲームにはならないだろう。

『正解一問につき一ポイント。お手つきはマイナス一ポイント。差が三ポイントになった時点で決着な』

続けて、マヒトとフラウにテーブルの上の早押しボタンを手にするように指示する小人。

『うし、準備できたみてえだな。それじゃあいくぜ、第一問。難敵として名高いモンスター、シュテン・オーガ。その攻略法は酒を与え、へべれけにさせることだが、こいつが一番好むとされる酒は――』

ピコーン！

二人はほぼ同時にボタンを押したが、音が鳴ったのはマヒトのボタンだった。

「デビリッシュ・スクリューだ！」

（おっしゃ！　天は俺に味方し――）

『ブーッ！』

「は？」

『お前、こんなサービス問題よく間違えられんな。答えはドブロクエールに決まってんだろうが。入手は困難だが、これを使えば一瓶でシュテン・オーガは泥酔《でいすい》状態になる」

「一瓶？　何言ってやがる、デビリッシュ・スクリューなら数口で奴《やつ》らは夢心地だぜ」

『適当なこと抜かすんじゃねえぞトンチキが！　そんな酒、見たことも聞いたこともねえわ』

「ぐ……こ、ここでは出回ってねえのかもしんないけどよ……」

『それが流通してんのはお前の頭の中だけだ、このでっち上げ野郎が！　赤毛はマイナス一ポイント！』

（ち、畜生……それが本当の正解かどうかじゃなくて、人間側にどの程度まで認知されてるのかを想像しながら答えなきゃならねえってことかよ……まあいい、一発勝負じゃなかったただけまだましだな。次からはそれも考慮して――）

ピコーン！

「『白百合七刃連盟《しらゆりしちじん》からの脱退に伴うミゼレム公国の独立宣言』です！」

『お、正解！　かなりマイナーな問題だったが、ピンク頭、よく勉強してんじゃねえか』

「えへへ、ありがとうございます」

（し、しまったあっ！　反省会してて問題聞き逃しちまったっ……これでもう二ポイント差……次は絶対に集中しねえと……）

『続いて第三問。世界でも有数の魔術師である、ファーザー・メイジス。両手の各指に、強力な固有魔法を割り当て、《十指の皇帝》の異名を持つ彼が、左手の薬指につけた愛称を答えろ』

ピコーン！

「ブリリアント・ジョージです」

『正解！』

「集中してても分かるかそんなもん！」

マヒトのツッコミも空《むな》しく、小人はフラウの勝ち名乗りを上げる。

『二対マイナス一、ってことでこの対決はピンク頭の勝ちだコンチクショー！』

「や、やりましたっ！」

「さ、最短の三問で終了とか、いくらなんでも早すぎるだろ……」

しかし――

『《魔導風船魔力注入早割り対決》は赤毛の不戦敗によってピンク頭の勝ち！　そんでもって連勝によりピンク頭は二次試験突破だ！』

次の決着はもっと早かった。

「ちょ、ちょっと待てえええええええええええええええっ！」

『なんだうるせえぞ赤毛』

「なんかおかしいだろこの試験！　傾向が偏りすぎだろどう考えても！」

『何言ってんだ？　それぞれ肉体強化、操作技術、知識、瞬発力だぞ。見事にバラバラだろうがコノヤロー』

「どこがバラバラだ、三つ目以外は全部魔法使うお題じゃねえか！」

『お前それ、何の冗談だ？　魔術師養成機関の試験なんだから当たり前だろーが』

「っ……」

あまりに正論すぎてぐうの音も出ないマヒト。

「ま、待ってくれ！　俺の実力はこんなもんじゃねえ！」

『毎年毎年、落ちた奴らはみんなそうのたまうんだよ。つーか言ってて自分で小物臭《くせ》えと思わねえのかコンチクショウ』

「ぐ……うっ……」

とりあえずぐうの音だけでも出してみるマヒト。

「ぐうううううううっ！」

『そんなに腹減ってんならさっさと帰りやがれバーロー』

『フーリッシュ・アカデミア』入学試験。マヒト、二次試験にて脱落。

6

二次試験突破者は会場を出るように促され、フラウは、おろおろと後ろを振り返りながら、ヨーコに話しかける。

「ど、どうしましょうヨーコさん」

「ん？　何が？」

「な、何がって……マヒトさん、落ちちゃいましたよ」

「あはは！　大分肉弾戦に寄ってるとは思ってたけど、まさか魔法全然使えないとはねー。一次試験とかどうやって突破したんだろ」

「ええ……そもそも私達、マヒトさんについて何も知らないんですよね……どこの国の人なのかとか、召喚される前はどうしていたのか、とか……」

「ま、それはどーでもいいんじゃない？」

「え？」

「どこの誰だろうと、マッヒーはマッヒーだし。フラフラは、全部分かってないとマッヒーのこと信用できない？」

「い、いえ、そんなことは……私が惹《ひ》かれたのは、『魔王を倒す』と宣言した時の瞳ですから。あんな綺麗《きれい》な目をした人……無条件で信じられるに決まっています」

「惹かれた、ねえ」

「はっ！……ち、違いますよ！　そ、そういう意味じゃなくて、人間として尊敬できるっていうことですからね！」

「ほんとかなあ？　フラフラは、私よりもマッヒーと一緒に学園生活を送りたかったんでないのぉ？」

フラウの慌てる様をもっと見たくてからかうヨーコだったが、

「そんなことはありませんよ」

「ん？」

フラウは真顔で即答した。

「マヒトさんは勿論《もちろん》、尊敬できる人ですが、ヨーコさんだって同じくらい大切な存在です。私は……その……勝手にですけど……お友達だと思ってますし」

「え？　最後なんか言った？」

「い、いえ、なんでも……」

「そう？　でも私もフラフラのことは大事だから、一緒に入学できればいいなと思ってるよ」

「ほ、ほんとですか？」

「うん。ボール投げると咥《くわ》えて戻ってくるのが見られなくなったらやだし」

「完全にペット扱いじゃないですか！　そんなの一回もやったことないですよね！」

「あはは！」

「もう……」

フラウは軽く頬を膨らませる。

「メンゴメンゴ。まあ冗談はともかくとして、マッヒーに関してはそこまで心配しなくても大丈夫じゃないかな？」

「え？」

「試験前に署名した誓約書に、気になる文言があったんだよね。それにマッヒーが気付いてれば今頃──」

「納得がいかない？　それで直談判《じかだんぱん》に来たという訳ですか」

「ああ、そうだ」

マヒトは、二次試験会場の撤収を指揮するモーリアに詰め寄っていた。

「さっき回復の勇者の例を出して、文句言ってたねーちゃんを黙らせてたが、あんなもんは建前だ。なんでもこなせる奴は強いって話には同意するが、単純な戦闘能力に特化した一点突破型の勇者だっているはずだ。あの試験方式じゃ、そういう奴らが漏れちまう可能性がある。そういったのを拾い上げるシステムだって当然、存在してるだろ？」

「おや、よく分かりましたね。使い魔が見聞きしたものは、回収後、全て術者である私に集約されます。今回は数が多かった故、処理に少々時間がかかっているのですが……あなたのグループの査定は終わっていますよ、マヒト君」

「お、だったら話は早《はえ》えな」

「そうですね。全ての方式で全くいいところのなかった人間に、学園生としての価値がないことは誰の目にも明らかです」

「うっ……」

「ただ、勘違いしないでいただきたい」

「ん？」

「我々も貴方《あなた》に『何か』があることは把握しています。試験官キールの顛末《てんまつ》は報告に上がってきていますからね。彼をそこまで追い込むなど……二次試験で落とされるような受験生にできる芸当ではありません」

「え？　あの性悪メガネ、どうかしたのか？」

「極度に憔悴《しょうすい》しきった様子で、長期休暇を申請してきたとのことです」

「う……そりゃ悪《わり》ぃことしたな」

あの試験官の口があまりにも悪かったもので、少し熱くなってしまった。今考えると、もう少しやりようはあったと思うが……

「そこは気に病む必要はありません。試験中の事象は全て試験官の責任において処理すべきですから。ただ、解《げ》せないのは――」

モーリアは微笑《ほほえ》みを湛《たた》えたまま、マヒトの目を見据える。

「【ファイヤーボール】で魔力の質を判断する、というシンプルな試験内容で、一体『何が』彼をそこまで怯《おび》えさせたのでしょうか？　キールは、貴方がしたことに関しては頑《かたく》なに口をつぐんでいたとのことですが、断じて不正に加担するような人間ではない。彼が通したということは貴方の魔力を認めたということ。ですが、貴方はこの二次試験において、一切魔法を使う様子が見られなかった」

「む…………」

「キールにしてみせたように、今ここで私に【ファイヤーボール】を見せてもらえませんか？　それで私を納得させることができたら、二次試験の内容についても考慮しましょう」

「は、はは、それはちょっと勘弁してくんねえ――」

「あのー」

そこで、妙に間延びした声が割って入ってきた。

「誰だ？　悪いが今ちょっと取り込み中で――あ、お前はっ……」

その主を確認したマヒトは思わず声を上げる。

「あ、さっきの弱っちい人」

それは二次試験開始前に一悶着《ひともんちゃく》あった、金髪の少女だった。

「な、なんだとっ……テメエ相変わらず──ん？」

ボルテージが上がりかけたマヒトだったが、ふと思い至る。

「ハッ、なんだなんだ、ここにいるってことはテメエも落ちたんじゃねえか」

少女が実力者であることは把握しているが、余程お題の巡り合わせが悪かったのだろう。

「そんで直談判って腹だな？　クク、往生際《おうじょうぎわ》が悪ぃんだよバーカ」

自分のことは棚に上げまくって、喜々として少女を煽《あお》り出すマヒト。

「違いますよ、マヒト君」

だがそれに反論したのは彼女本人ではなく、モーリアだった。

「彼女は最終試験が免除になりましたので、そのことをお伝えしようかと思って残ってもらいました」

「は？……め、免除だと？」

「はい。彼女──シャイン・オニヅカさんは、この時点を以《もっ》て、入学試験合格とします」

「あ、どうも。なんかもうダルかったから丁度いいや」

「ふ、ふざけんな！　そんなのズルじゃねえか！」

「不正ではありませんよ。あなた達にはもう関係のないことですからお話ししますが……

この後の最終試験はこの会場近隣の森林地帯で行われ、その内容はサバイバル要素を多分に含んだ、ポイントの奪い合いです。そこにシャインさんが参加した場合、著しくバランスを崩し、適正な試験にならない可能性があります。彼女一人でほとんどの受験生のポイントを総取りしてしまう可能性がある、ということですね。それほどまでにシャインさんの力は突出しています。そして、試験の内容にかかわらず、試験官の判断により合格または不合格という裁定を下す可能性がある旨《むね》は、受験規約に明記されていたはずですが」

「あ、ああ……あれな、はは……」

たしかに署名する際、その上に細かい文字がびっしりと並んでいたが、マヒトは面倒臭くて全く読んでいなかった。

「でもよ、それを言ったら、うちのヨーコだって頭一つ抜けてるんじゃねえのか？」

「ああ、ヨーコ・テンドーさんですね。たしかに彼女も尋常ならざる素質の持ち主ではあります。余程のトラブルが無ければ最終試験も通過するでしょうが、まだまだ粗い。現時点では、特例合格にするまでの領域には達していないと判断しました」

「ふーん……そうかよ」

「ところで試験官の先生、この人はなんでここにいるの？」

「ああ、二次試験の結果に納得がいかなかったらしく、なんとか最終試験に進ませろと抗議に来たのですよ」

「ダサ」

「テメエ喧嘩《けんか》売ってんのか！」

「別に。さっきからほんと口だけだなと思っただけ」

「こ、この野郎……」

「ではこうしましょうか。今からマヒト君とシャインさんで『魔法』対決をしてもらい、マヒト君が一矢《いっし》でも報いることができたら、再考しましょう」

「ぐ……う……」

「私は別に構わないけど。やる？　魔法対決」

「ぐ……ううう……」

「どうしたの？　私に勝ったら今までの無礼を謝るよ。その代わり、君が負けたら土下座してもらうけど」

「ぐうううううううううっ！」

「そんなにお腹空《なかす》いてるんだったら、さっさと帰ったらどうかな」

第三章　魔王たる資質

1

学園入学試験、最終試験会場、マダライの森。

「ひゃあっ！」

フラウは裏返った声をあげながら足をもつれさせて、転倒した。

「うう……」

ぶつけた膝を押さえながら呻《うめ》く彼女の頭上から、声が響く。

「おっと、動くなよ」

その金髪の受験生、ギルガ・ドルネルはフラウを見下ろしながら、ニヤリと下卑た笑みを浮かべた。

最終試験の合格条件はシンプルだ。

各受験生に一つずつ与えられた、指輪大の小型リング。それを奪い合い、試験終了時に所持総数の多かった上位最大百名が晴れて入学となる。

一見、直接的な戦闘能力に秀《ひい》でた者が優位のルールにも思えるが、いくつかの条件によってその限りではなくなっている。
・リングを奪われてもその場で即失格にはならない
・上位十名の保持個数と、大まかな現在位置が、随時放送により全員に共有される
・奪ったリングを一時的にどこかに保管しておく行為は不可とする。常に装着あるいは直《じか》に保持しておかねばならない。
・試験期間は三日間とする
この他細々とした制約があり、その中でどう立ち回るかの知力や、丸三日という長丁場を乗り切る為《ため》の精神力など、総合的な能力が試される試験内容で、単純な力押しでは突破は困難。事実、数年前に行われた類似内容の最終試験では、直接戦闘を得意とする合格者は、全体の半数強に止《とど》まっている。

この試験において個々人の実力よりも重要になってくるのは、他者との共闘をいかにして為《な》すか、ということだ。数年前には、合格者の実に八割以上が、程度の差こそあれ、期

間中に他の受験生と何らかの協力態勢をとっていたとのデータもある。受験生は交渉力や協調性、途中で出し抜かれないようなしたたかさなども試されることになる。

――しかし、最初に遭遇したのがこんな敵意剝《む》き出しの相手では、協力もなにもあったものではない。

フラウは不意をついて身を起こし、離脱しようと駆け出すが――

「馬鹿が、逃がすかよ」

ギルガが背面から放った風魔法に吹き飛ばされ、再び地面を転がる。

「あうっ……」

（う……この場はもうリングを渡すしかありません。ルール的に即失格にはならないですし、なんとか作戦を考えてあとから奪い返――）

「おいおい、まさかこのまま試験を続けられるなんて甘いこと考えてねぇよなあ。テメエはこの場でリタイアしてもらうぜ」

「えっ？……」

「当然だろうが。後からチマチマと徒党組んで邪魔されるなんてウゼぇことこの上ねえ。少なくとも三日はまともに動けない程度には痛めつけるが――試験官が回収してくれるから、死ぬことはねえだろうよ」

受験生達の胸部には特製の布片《ふへん》が魔力によって貼り付けられている。この布を通して、試験官達は受験生の現在位置やバイタル情報を把握しており、極端な異常があればそこへ向かい、保護する手筈《てはず》になっている。

「諦めろや、お前の試験はここで終了だ」

「い、嫌です……私にだって学園で成し遂げたいことが――」

「あー、そういうのいらねえから――【ウインドブレス】」

「――っ⁉」

ギルガは風の基礎魔法を発動し、発生した風をドリルのような螺旋《らせん》状に形成。フラウの腹部に叩《たた》き込んだ。

「か……はっ！」

「フン、弱《よえ》えくせに口答えすっからこういう目に遭うんだよ。つーかまだまだこんなもんじゃ終わらねえぜ。ま、この俺に遭遇したのが運の尽きだったな……くらいやがれっ！」

「――っ！」

フラウは両手を顔面の前で交差させ、反射的に目を瞑《つぶ》るが――

「…………………………………あれ？」

予想された衝撃は、襲ってこなかった。

「……あ？　なんだテメエ。いきなり俺の魔法を打ち消しやがって」

フラウが目を開けると、ギルガが不愉快げにとある女性を睨《にら》み付けていた。

「あら、だってかわいそうじゃないですか、かよわい女の子を虐《いじ》めるなんて」

彼女は、向けられた怒気をものともせずに、のんびりとした調子で微笑《ほほえ》んだ。

「そんないけない坊やは――死んでもらいましょうか」


フラウがギルガによって窮地に陥る少し前――

「あばばばばばばば！」

電撃を全身に受けたその受験生は自由を奪われ、地に倒れ伏す。

「ごめんねー。もらっちゃうよん」

ヨーコはその指から、リングをぐりぐりと抜き取った。

「ふっふ～ん。順調順調。あ、数分もすれば痺《しび》れがとれると思うから安心してね」

試験開始からこっち、撃破した相手は三人――ヨーコは既に、己の分も含めて四つのリングを確保していた。

問題は、確保したそれをどう守り切るか、だが……

「ま、なるようになるよねー」

能天気な感じで呟《つぶや》いたが、全くのノープランという訳ではない。

仮に寝ている間に襲われたとしても、一撃で戦闘不能にされるような強力な攻撃だとしたら、事前に察知し覚醒することが可能だ。その辺の感覚の鋭さには自信があった。

隠密《おんみつ》的に奪い取る系統の魔法を使われた場合は感知できない可能性もあるが……仮に個数ゼロになってしまったとして、その時はもう就寝する必要がない最終日に、上位者を片っ端から狙っていくという荒技も残されている。

「でもまあ、やっぱり誰かと組むのが一番いいんだろうけどなー。適当に声かけるのも危険だし、フラフラの居場所が分かればベストなんだけ――」

彼女は独り言の途中で、ピタリと動きを止めた。

「……およ？」

首を傾《かし》げ、手のひらを口にあてる。

「なんだろ……これ」

気持ち悪い。

突如として胸の中に、なんともいえない不快な感情が湧き上がってきた。

明確に何かの力を感知した、という訳ではない。

虫の知らせや勘、といった類いの曖昧なもの。

だがそれが、全力で警鐘を鳴らしている。

この場から直ちに逃げるべきだと。

これまではとんと縁のなかった感覚だが、この世界に来てからは、同種の経験があった。

――王城でドラゴンが出現した時のことだ。

しかし、系統は同じでもその強度が段違いであった。黒く、悍《おぞ》ましいその感覚は瞬《また》く間《ま》にヨーコの心を侵食していく。

そして、内なる声がまるで悲鳴のように告げる。

何か、よ、よくないものが近くにいると。


「はっはっは。数十年ぶりの地上は良きかな良きかな」

「ですねー。なんだかとっても晴れ晴れした気分です」

「……おい。無駄口を叩いていないでさっさと準備をしろ」

「ふむ、君は少々事を急ぎすぎる傾向にあるな。もっと過程を楽しみ給《たま》えよ」

「そうですよー。もっとゆっくりじっくりいきましょうよ」

「……お前らにはつきあっていられん」

「おやおや、行ってしまった。まあ彼の気持ちも分からんではないがね」

「あらあら、頬が少し緩んでますよ」

「そういう君も、悪い顔になっているよ」

「ふふ、これははしたないところをお見せしました。でも、仕方ありませんよね」

「ああ、起きて早々、こんなに多くの餌が傍《そば》にいるのだからね」


二次試験会場控え室。

「ねえ試験官さん、この人、なんでまだいるの？」

「うるせえ！　俺は何としても学園に入りてえんだよ！」

シャインの蔑んだようなセリフを受け、マヒトは声を張り上げる。

「マヒト君、きみもしつこい人ですねえ。いくら食い下がろうと、なにがしかの魔法を示さない限り、特例合格はありえませんよ」

試験官モーリアは少し呆《あき》れたように苦笑する。

「いや、魔法は使えねえ！　でも俺強いから合格させてくれ！」

「ここまで開き直られるといっそ清々《すがすが》しいですね。厄介なのは、ただの大言壮語と言い切れない『何か』を感じることなのですが……これは余程の大物か——」

「——ただの馬鹿」

「なんだとこのやる気なし女！　テメエなんだっていちいち突っかかってくんだよ！」

「さっきも言ったでしょ？　悍ましい程の生理的嫌悪《けんお》感及び夥《おびただ》しい不快感」

「ひどくなってるじゃねえか！」

「でも分からない……この子が反応しない以上、私の標的ではありえない。なのに、どうしてここまで胸がザワつくの？……ねえ、どういうこと？」

「なんで俺に聞くんだ！　天然かお前！」

シャインはマヒトの怒声にも全く動じず、あくびを噛《か》み殺していた。

「ふわ……なんかめんど臭くなってきたからもういいや。弱っちい人の相手しても仕方ないし」

「こ、この女……もう我慢ならねえ！　上等だ表出ろ！　どっちが上か分からせてや——」

そこで、急にマヒトの動きが止まった。

「………こいつは」

「ん？　どうしました、マヒト君」

マヒトはモーリアのその問いには答えずに、口に手を当てて顔を青ざめさせる。

「——どういうことだ？　こんな急に気が顕現するとは……まさか、土中休眠してやがったのか？　ちっ、そんな古くさいことする連中が未《いま》だにいるとは……」

「土中休眠？　マヒト君、一体何を——」

「……モーリアさんよ、最終試験はどの程度の試験官が監督してんだ？」

「監督？　実戦形式の試験ですから、トラブルに備えて戦闘職の試験官、十数名体制で臨んでいますよ。加えて医療・補助系の者が合わせて七名ですね」

「違う、数じゃなくて質だ。その中で一番強い奴《やつ》はどの程度のレベルだ？」

「強さですか？　実はSクラス魔伐士を兼ねる教官が緊急のギルドからの招集で不参加になってしまいましてね。それを除いた最上位となると……まあ貴方《あなた》に分かり易《やす》く告げるのであれば、お連れのヨーコ・テンドーさんの現状の実力を幾分か上回るくらいですね。ですが、なぜそんなことを？」

「……皆殺しだ」

「皆殺し？　穏やかではありませんね。それはどういう——」

「いんだよ、魔族があの森に」

「魔族？……まさか、そんなことが——あ、マヒト君」

言うが早いか、マヒトはドアを突き破らんばかりの勢いで飛び出していった。

「……参りましたね。いきなりそんなことを言われましても、にわかには信じがた——」

「試験官さん、あの人の言ってることはたぶん本当」

そこで、金髪の少女が淡々とした口調で言葉を挟んだ。

「シャインさん、あなたまで一体何を——っ!?」

彼女に視線を向けたモーリアは、驚愕《きょうがく》に目を見開く。

つい先程までは気怠《けだる》げだったその瞳が、常軌を逸したものに変貌していたからだ。

その根源はおそらく——憎悪《ぞうお》。

そして、シャイン・オニヅカは腰に差した倭刀《わとう》を強く握った。

「この子が、震えてるから」

2

「死んでもらう？　いきなり何言ってんだテメエ」

ギルガは、突如現れ自分の風魔法を遮った女性をギロリ、と睨み付ける。

「おまけにまるで魔族みたいなナリしやがって。どんな趣味してんだ一体」

「みたい？　あらあら、面白いこと言いますね、あなた」

ギルガの鋭い眼光を受けながらも、変わらず艶然《えんぜん》と微笑む女性。

「あ？　ふざけてんのか？　こんなとこに本物の魔族がいるはずが――」

ギルガはそこでふと言葉を止め、改めて女性の出で立《い》ちを確認する。

頭部の両端から生えた異形の角。病的というレベルを遥《はる》かに通り越した暗青色の肌。不吉な輝きを放つボディーアーマー。

初見では仮装の類いかと思ったが……その女性の存在感は、作り物というのにはあまりに禍々《まがまが》しかった。

人の形を保ちながらも人ならざるもの。それは――

「こんにちは、魔族のフロイラインっていいます」

女は口に人差し指をあて、にっこりと微笑んだ。

「う、嘘《うそ》……ですよね」

フラウの顔が一瞬にして青ざめる。

基本的に、人間は魔族の魔力を感知することができない。

だがフラウが肌で感じとったのは、それとは別の何か。

生物としての格の違いを見せつけるかのような異様な圧が、得体の知れない恐怖となって彼女の心を蝕《むしば》んでいた。

「……なんだ。じゃあ丁度良いじゃねえか」

だが、ギルガは笑った。

「こいつをぶっ殺せば確実に合格ってこった。いや、特待枠だって手に入るかもしんねえ」

まるで怯《ひる》む様子もなく、喜々として己の右手に魔力を集約させる。

そして——

「オラァッ！」

刃状に形成させた風の凶器を、フロイラインの首に向けて躊躇《ちゅうちょ》なく放った。

——が、

「あらあら、それでは喘《あえ》ぎ声の一つも出ませんね」

彼女は、何事もなかったかのように、平然と微笑《ほほえ》んでいた。

「…………なんの冗談だよ、おい。頸動脈《けいどうみゃく》に直撃させたんだぞ、俺ァ」

「ふふ、やっぱり悪い子ですね。女性にそんな物騒な真似《まね》しちゃいけませんよ」

フロイラインは鼻唄混じりにギルガに近づいていき、

「これはちょっとおしおきが必要ですね」

そして、ギルガの手をそっと握った。

「は？　一体なんの真似——おああああああああああっ!?」

メギョ、という音と共に、ギルガの手首が可動域を遥かに超えてねじ曲がっていた。

「あ……があああああああっ！」

倒れ、のたうち回るギルガを見下ろしながら、フロイラインは、

「はああ………………いい」

陶酔し、表情を蕩《とろ》けさせていた。

「だ、大丈夫ですかっ！」

フラウは慌てて金髪に駆け寄り、即座に回復魔法を発動させる。

「【フェアリア】」

「お、お前……」

「じっとしていてください。骨折をすぐに治すのは無理ですが、痛みは和らぐはずです」

「…………すまねえ」

「あれ？　その金髪さん、さっきお姉さんのこと、思いっきり虐《いじ》めていませんでしたか？　回復してあげる必要あります？」

「……何言ってるんですか」

フラウはきっ、とフロイラインを見据える。

「傷ついた人を治すのに、必要も何もありません」

「……へえ」

その視線を受けたフロイラインは、なぜか愉悦を湛《たた》える。

「最初は私を怖がっていたのに、それが消えた……いえ、消えたというよりも、それ以上の感情で塗り潰しているんでしょうか。どちらにせよ……………いい」

フロイラインの瞳が再びとろん、と呆《ほう》けたその時――

「【ウインドブレス！】」

その顔面に、風の槍《やり》が叩《たた》き込まれた。ギルガが不意を突いて放ったものだ。

それは、完全に無防備状態で打ち込まれたが――

「あら、今……何かしましたか？」

彼女は頬に手を当て、首をギギギ、と傾かせながらにっこりと微笑む。

「ば、化け物かよ……」

「か弱い女性にそんなことを言ったら傷ついちゃいますよ。デリカシーの無い子には――強めのおしおきが必要ですね」

「――っ⁉」

笑顔の裏から滲《にじ》み出る凶悪な害意に中《あ》てられ、ギルガの顔から血の気が引く。

「あ、そんなに構えなくても大丈夫ですよ、まだ殺しませんから。それよりも、ちょっと上を見てもらえますか」

「なに？」

その声に従い、ギルガが視線を上げると、

「なっ……」

空から、飛来する物体があった。

灼熱《しゃくねつ》の炎を身に纏《まと》い、弾丸のように地面に向かって突き進むそれは――

「い、隕《いん》……石《せき》だと？」

「はい、正解です」

フロイラインが微笑みながら、再び頰に手を当てた次の瞬間、

「きゃあああっ！」「うあああああああっ！」

それは、轟音《ごうおん》と共に地面に突き刺さり、衝撃波によってフラウとギルガの身体《からだ》は吹き飛ばされた。

隕石が直撃した地面は深く抉《えぐ》れ、歪《いびつ》な穴が穿《うが》たれている。

「じ、次元が……違いすぎる。隕石なんてもう……災害レベルじゃねえか」

ギルガは地に伏したまま、絶望の表情を浮かべる。

直接的なダメージはそこまで負っていないが、最早《もはや》戦意は完全に削《そ》がれていた。

「ち、畜生……こんな魔法……反則だろうが」

「あ、そうですよね。魔族である私が人間のお二人に魔法を使ってしまうなんて、ズルみたいなものですよね」

フロイラインは笑顔で両手をぽん、と合わせると、ギルガのもとまで歩み寄る。

「では、最初みたいに生でやりましょうか」

そして、その頭部を片手で鷲摑《わしづか》みにし、身体ごと軽々と持ち上げた。

「あ……がっ……」

「どうですか？　これなら文句ありませんよね」

文字通りの人間離れした膂力《りょりょく》と握力により、ギルガの頭蓋はギチギチと音を立てて軋《きし》む。

「あ……あああっ！」

「……勘弁してくださいよ……そんな声で鳴かれたら……ああ……………………いい」

「や、やめてくださいっ！」

フラウはフロイラインの手に縋《すが》り付き、引き離さんと試みるが、まるで鉛が人形《ひとがた》を成しているかのような硬度で、びくともしない。

「くっ……」

「が……ああああああっ！」

「な、なんで……なんでこんな酷《ひど》いことをするんですかっ！」

彼女とフラウ達の戦力差は歴然。このようにいたぶるような真似をせずとも、命を奪うことは容易《たやす》いはずだ。

「はい、それはいい質問ですね。私は、何の意味も無く暴力を振るうような粗暴な趣味はありません。これにはちゃんと意味があるんですよ」

「い、意味？」

「はい。私、人間の感情が大好物なんです」

それは、比喩めいた言い回しには聞こえなかった。

そう、まるで本当に――

「ま、まさか……『感情喰らい《マインドイーター》』っ……」

「あら、よく勉強してますね。正解です」

魔族の主な栄養源は、人間と同じく食物の経口摂取であるが、一部の血族は人間から搾り取れるエネルギーを、嗜好品《しこう》のような存在として求めることがある。

その搾り取るエネルギーが何であるかは、血族や固体によって多種多様。魔力、血液、そして生命力——寿命——という根源的な力を奪っていくような魔族も存在する。

その中でも一際《ひときわ》異彩を放つのが『感情』だ。

人間には存在しない器官である角が受容体の役割を果たし、発せられた感情を取り込んでいく。他者の感情を喰《く》らうなど、人には到底理解できない感覚ではあるが……そのことが生き物としての根本的な相違を物語っている。

そして、このフロイラインが好む人間の感情は——

「知ってますか？　あなた達の『恐怖』って、甘くてふわふわしてて、もう……蕩けちゃいそうなんですよ……ああ……いい」

食物摂取の際に多幸感を得るのは人間も同様だが、彼女においてはその度合いが些《いささ》か異常だった。さながら食欲と性欲が同時に満たされているかのような恍惚《こうこつ》具合。

「すぐ怖がってくれる人も、それはそれでありがたいんですが……」

フロイラインはギルガを持ち上げたまま、視線だけをフラウに向ける。

「あなたみたいに我慢強い人がオチた時が——一番極上なんです」

見開かれたその目は、獲物を補足した獰猛《どうもう》な野生動物のそれだった。

「ということで、メインディッシュはもう少し待っていてくださいね」

フロイラインはにこやかに微笑み直すと、フラウの肩にそっと触れた。

「──っ⁉」

たったそれだけのことで、フラウはとてつもない勢いで後方に吹き飛ばされる。

そして、もんどりうって何回転もしたところで、ようやく停止する。

「う……ぐっ……」

フロイラインはそれを横目で確認すると、自らが掲げたギルガに視線を戻した。

「さて……まずはこっちをいただきましょうか」

そして、指先に更なる力を込める。

「あ、あがっ……や、やめっ……やめっ……ぎいっ……た、助けて……助けてくれええっ！」

「あれ？　ひょっとして泣いてます？　駄目ですよ、男の子がこのくらいのことで涙を流しちゃ……まあ私としては大歓迎なんですが……は……ふう……」

「お、お願いだっ！　やめてくれっ！　なんでも……なんでするからっ！」

「なんでも？　あは、言いましたね。じゃあ、もっと……もっとよくさせてください」

「あぎゃあああああああああっ！」

達して――」

「あ……はあ………だ、駄目じゃないですか、そんなにいい声出しちゃ……もう少しで
「【サンダーボルト!】」

突如として声が響き、フロイラインの腕に雷撃が叩き込まれた。

「んー?」

彼女が横方向に視線を向けると、そこには怒りの表情を浮かべた無骨な男性の姿が。

「その子を放せ」

年の頃は三十代後半といったところだろう、屈強な筋肉を纏ったその男は、腰を低く構え、既に臨戦態勢に入っている。

「あら、あなたはどちら様ですか?」

「学園の試験官、ブレイズだ……お前はなぜこんな所に存在している? この地域は長きにわたり魔族の出現情報など皆無だった筈《はず》だ」

「ごめんなさいね、さっきまで何十年も寝てましたから。でもなんの試験中かは知りませんけど、あなたのところの受験生、あまり出来がよくないみたいですよ」

「黙れ! 早く解放しろと言っている!」

「あら怖い。そんな怒らなくてもいいじゃないですか」

フロイラインは芝居がかった調子で、ギルガを拘束していた指を離す。

「ひ、ひいっ……」

どす、と尻から地面に落下したギルガは、立ち上がることもままならず、試験官ブレイズの所まで這《は》って逃げていく。

「せ、先生……魔族っ……あいつ魔族で……俺の手……骨っ……あ、あいつがっ！……」

ブレイズは、恐怖で半ば錯乱しているギルガの肩に手を置き、安心させるように笑った。

「よく頑張ったな。もう大丈夫だ。後は私がなんとかするから下がっていなさい」

「は、はい……………た、助かった……」

「助かった？　それ、本気で言ってますか？」

安堵《あんど》するギルガを目にしたフロイラインが、艶然《えんぜん》と微笑《ほほえ》む。

「……たしかに私は補助職……お前を単独で撃破する実力はないだろう……だが、他の試験官がここに到達するまでの時間稼ぎ……そして受験生達を逃がす為《ため》の足止めくらいはしてみせる」

「え？　足止め？　それはどういう――」

「なに？　もうなくなるのにですか？」

「【絶叫流星《アムール》】」

直後、轟《ごう》、という音が響き、先程とは比肩《ひけん》できない程の速度で、再び隕石が飛来した。

そして、その落下軌道上にあったブレイズの脚は──

「……え？」

膝から下がごっそりと消失していた。

「う……ああああああああああああああああっ！」

倒れ込み、のたうち回るブレイズ。

「あらら、なくなっちゃったらもう、足止めなんてできませんね」

「お、終わりだ……こんなのに……勝てる訳ねえ……」

ギルガは頭を抱え、俯《うつむ》き、再度涙を滲ませる。

「いい…………いいですね、まだまだ搾り取れそうです。今度はどんな恐怖を──ん？」

「だ、大丈夫ですか先生！」

フラウはブレイズの傍《かたわ》らまで辿《たど》り着くと、しゃがみこんでその傷口に手をかざした。

「【フェアリア！】」

「ぐ……うっ……な、何をしている……私のことはいいから早く逃げなさいっ！」

「そういう訳にはいきませんっ！」

通常、膝下を丸ごと切断などという事態に陥れば、即座に物理的な医療措置を施すか、余程の高位治療魔法をかけなければ、失血死は免《まぬが》れない。

だが不幸中の幸いと言っていいのだろうか、試験官の傷口は隕石の炎熱によって著しく爛《ただ》れており、出血量はさほどでもなかった。

（これなら……私の基礎回復魔法でも一時的な処置ができます！）

「そんなことしても無駄だと思いますよ。その気になったら三人とも一瞬で丸焦げですし」

「それでも……今この瞬間、治療しない理由にはなりません」

フラウは迷いのない瞳で、フロイラインを睨《にら》み付ける。

「…………ああ」

彼女は身体《からだ》をぶるり、と震わせ、己の角をさすった。

「やっぱり極上ですよ、あなた。なんとしてでも……オトしたくなっちゃいました」

そして、三度隕石《いんせき》を上空に発生させる。

すぐさま轟音《ごうおん》と共に落下を開始したそれは、フラウとブレイズ付近の地面に着弾。

「「――っ！」」

二人はその衝撃によって吹き飛ばされる。

「く……」

だが、フラウは即座に歯を食いしばりながら立ち上がり、再びブレイズのもとに歩み寄っていく。

「も、もういい、よせ！」

「……駄目です。出血がゼロな訳じゃありません。このままだと先生……死んじゃいますから……」

「あらあら、呆《あき》れる程の献身性ですね。こういうのを『聖人』って呼ぶんでしょうか」

「そんなんじゃありません…………ただ」

「ただ？」

フラウは、フロイラインに視線を向ける。

「あなた達が……あなた達が兄様をっ……」

その声は、震えていた。

「私はもう……あなた達に奪われる命を……見たくないだけです」

「あ、なるほど、理解しました。肉親を殺されたけれど、直接的に恨みを晴らす力が無いんで、代替行為に逃げ、自己満足に浸っているんですね」

煽《あお》るような物言いをするフロイラインだったが、フラウの瞳は揺らがなかった。

「そんなことはありません。あなた達が憎くないと言えば嘘《うそ》になりますけど……復讐《ふくしゅう》なんてしたって、もう兄様は帰ってきませんから」

「あらあら、口では何とでも格好つけられますよね……分かりました、では、あなたの覚悟を試してみましょうか……じゃあまず、手始めにこんなもので」

彼女のその言葉とほぼ同期して――

「か……はっ……」

フラウの背中に、隕石が直撃していた。

「――っ！」

たまらず、前のめりに倒れこむフラウ。

「大丈夫ですよ。威力は極限まで抑えてありますから」

とはいえ、フラウの背中の衣服は破れ、広範囲に火傷《やけど》が刻まれていた。

「や、やめろ貴様っ！　これ以上彼女に手を出すなっ！」

「うるさいですねえ。あなたはおとなしく治される役をやっていて下さい」

フロイラインはブレイズのもとまで歩み寄り、その胸部を踏みつける。

「あ……が……あああっ！…………あ……」

その胸骨は容易《たやす》く砕かれ、ブレイズは泡を吹いて意識を失った。

「さあさあ、骨折まで追加されちゃいました。早く治してあげないと死んじゃいますよ、この試験官さん」

「い、言われなくて……も……」

フラウはその身を起こし、治療を再開する。

「はあっ……はあっ……」

彼女の息は乱れ、身体も酷《ひど》く損傷している。だが、目の光だけは失われていなかった。

「先生の……治療を──あああああっ！」

フラウの背中に、再び隕石が着弾する。

「あらあら、痛そうです。早く自分の治療しないと、傷が消えなくなっちゃいま──」

「【フェア……リア】」

フラウは這った状態で手を伸ばすと、ブレイズに治癒魔法を行使した。

「…………ここまでくると少々異常ですね」

フロイラインの言葉の通り、フラウの行為は献身という域を超えている。

だが、彼女にとって、目の前の命は何よりも優先すべきものだった。

今でも、脳裏に焼き付いているから。

自分の手の中で息を引き取った兄の姿が。

再びあれを味わうこと以上の恐怖など、フラウの中には存在しなかった。

「ご期待に添えなくて申し訳ありませんが、私はやめません……絶対に」

「…………………はあ」

そこで、フロイラインの瞳から急激に興味の色が失《う》せた。

「――過ぎたるはなんとやらとはこのことですね。何か、醒《さ》めてしまいました。あなたからは私が望むものは得られそうにありません……もういいです。あなた達二人はさっさと消えてもらって、金髪の坊やから搾り取ることにしましょう――【絶叫流星《アムール》】」

彼女は上空に隕石を発生させた。

その纏《まと》う炎は正に灼熱《しゃくねつ》。魔族の言葉通り、フラウとブレイズはそれに触れた瞬間に、原形を留《とど》めない程に焼失するであろう。

(兄様……ごめんなさい。私もここまでみたいです)

治療の手は緩めないまま、フラウはぎゅっと目を瞑《つぶ》った。

「さあ、それでは死んでくださ――」

「ところがドッコイ、死なないんだなこれが！」

何者かの言葉が響き、上空の隕石が爆散した。

「ん？　今度は誰で――っ⁉」

振り向こうとした魔族に強烈な雷撃が襲いかかり、その身体が吹き飛ばされる。

「なっはっは！　ＪＫ勇者只今《ただいま》見参！」

突如として現れたその少女に、フラウは目を見開く。

「ヨ、ヨーコさん……」

「おまたおまたのお待たせちゃん！　いやーさすが私、オイシイところで登場だなー」

ヨーコは、場違いな程の軽いノリでフラウの傍《そば》まで歩み寄っていく。

「あはは！　盛大にやられてるねー。やっぱりフラフラは弱っちいなー」

「そ、そう……ですね……ちょっと……私には荷が重かったみたいです……」

「……こっちは試験官の人？」

ヨーコは脚を失っているブレイズにも視線を向け、さすがに声のトーンを落とす。

「そ、そうでした！　早く治してあげないと……」

フラウは慌ててブレイズへの治療を再開する。

「え？　もしかして、自分の治療よりも、この人治すのを優先してたの？」

「だって……そうしなきゃ死んじゃいますし……」

「うわー、フラフラらしいなー。でも、もう無理しなくて大丈夫。回復職の試験官の人がこっちに大至急で向かってるから。この人もフラフラも治療してもらえるよ」

「そ、そうですか……よかっ……た」

フラウは、力なく微笑んだ。

「ふふん、だから後は私に任せて眠っていいよん」

「で、でも……あの魔族……ものすごく強くて……」

「ちっちっち。私を誰だと思ってるのさ。ペットがご主人様の心配なんて百年早いぜぃ」

「ぺ、ペットじゃありませんよ……まったくヨーコさんはこんな時まで……もう」

「飼い主は犬にナメられたら終わりだからね。ほらほら、さっさと寝た寝た」

「わ、ワンちゃんじゃありませんけど……では……お願い……………………します」

フラウは軽く笑みを浮かべながら、安心したように意識を失った。

それを確認したヨーコは、フロイラインにゆっくりと視線を向ける。

「あんなジャブじゃ全然効いてないだろうに、こっちの話が終わるまで待っててくれたの？　おねーさん、ひょっとして結構空気読める人？　あ、人じゃなくて魔族だけども」

「いえいえ、少し観察していただけですよ。効果的に恐怖を与えるには、どんな人か知っておいた方がいいですからね」

「観察だなんて、いやんエッチ。でも私、そっちの趣味は無いからごめんねー」

「面白い人ですね。何やらそこの試験官さんよりも強そうですし」

「ふっふーん。そうそう、真打ちの登場ですよ。私が来たからには覚悟してもらうよん」

「あら怖い。でもちょっと解《げ》せないです。ピンクのお姉さんとはお仲間なんですよね？

私、随分ひどいことしましたよ？　あなた、なんでそんなにヘラヘラしてるんですか？」

「あー、そうなんだよねー。私、昔っからそうなの。怒ったり、人を責めたりっていうのがよく分かんなくて」


天道陽子《てんどうようこ》の性質は些《いささ》か特殊だ。

幼少の頃から、怒りというものが理解できなかった。

同級生の喧嘩《けんか》や、大人達がいがみ合っているのを見て、なんでもっと楽しく生きないいんだろう？……と、常々疑問に思っていた。

怒りだけではなく、悲しみや恨み嫉《そね》み、憎しみといった感情を抱くこともほぼなかった。

つまりは、負の感情全般に縁の無い、天性の根明気質。

その明るさに引き寄せられ、彼女の周りには自然と人が集まっていった。

彼女はよく笑い、それは他の人間にも伝播《でんぱ》する。

関わる人々には笑顔が増え、正のサイクルが構築されていく。

先天的にも環境的にも、彼女が昏《くら》い感情を抱くことはなかったのだ。

ずっとこのままだと思っていた。

笑って生まれ、笑って生を謳歌《おうか》し、笑って生を終える。

それが、天道陽子という生き方だと。


「でもさ……違ったみたい」

そこでヨーコの纏う雰囲気が一変する。

「違う？　何がですか？」

「なんか今……無性に胸の辺りが変な感じなんだよね」

その正体がなんなのかは、理解している。

「戦いは冷静さを失ったら負け。だからいつも通りにしようと思ってたけど……やっぱ無理だね、こりゃ」

ヨーコはフラウに視線を向け、呟《つぶや》く。

「この子はさ――なんだ」

「ん？　よく聞き取れませんでしたが、なんですか？」

ヨーコはその問いには答えずに、フラウの頭をそっと撫《な》でてから、立ち上がる。

「私は……天道陽子は……いや、ヨーコ・テンドーは——」

そしてフロイラインを睨《にら》み付け——

激情を迸《ほとばし》らせた。

「友達を傷つける奴《やつ》は——絶対に許さない‼」

3

「あらあら……おちゃらけた人かと思ったら、そんな怖い顔もでき——っ⁉」

巨大な炎の龍が襲いかかり、その顎がフロイラインの身体《からだ》を捉えた。

それは、ヨーコが王城で対峙《たいじ》したような竜《ドラゴン》タイプではなく、彼女が元いた世界でいうところの和風の龍。魔族を咥《くわ》え、強烈な熱を与えながら、その長い身体をうねらせ、天を翔《かけ》る。

そして、遥《はる》か上空から反動をつけ、吐き捨てるようにフロイラインを解放する。

その身体は、重力に従い落下し——地面に激しく叩《たた》き付けられた。

「げほっ……げほっ……いきなりひどいじゃないで——っ⁉」

今度は、熊だ。

辺りを一瞬で凍《い》てつかせる程の氷魔法でその身を構成された熊──振りかぶった氷爪《ひょうそう》の斬撃が、魔族に叩き込まれる。

魔族は吹き飛ばされ、何度か地を跳ねた後、俯《うつぶ》せに倒れて動きを止めた。

「こ、これは……」

そこで、回復職の試験官が息を切らせながら到着する。

「試験官さん、そこの女の子と同僚の人、それと金髪君を連れて、ちょっとここから離れてもらってもいいかな」

「い、いやしかし、君一人にあの魔族を任せる訳には──」

「お願い」

「──っ」

ヨーコの瞳を見た試験官は、思わずその身を硬直させる。

「私は大丈夫だから」

「き、君、さっきと何か雰囲気が……」

「そうだね。こんなに頭が煮えくり返ってるの……人生で初めてだよ」

ヨーコの敵意は自分には向けられていない。それを頭で理解してなお、場数を踏んだ試験官が怯《ひる》んでしまう程に、彼女の怒りは深く、強かった。

そして悟る。彼女の戦闘力は自分より上であり、ここに残ったところで邪魔になるだけだと。

「わ、分かった……援軍は要請するから無茶はするんじゃないぞ！」

ヨーコは無言のまま頷《うなず》き、地面に伏している魔族に視線を向ける。

「…………」

暫《しばら》くの間、それはぴくりとも動かなかったが、

「…………う」

やがて微《かす》かに呻《うめ》き声を上げた。

その瞬間――

「――っ!?」

魔族直下の土中から巨大な竜巻が立ち上った。

それを放ったのは、後を追うようにして姿を現した虎。

先程の龍や熊と同様、その身体は魔法――今度は風――で構成されていた。

魔法の威力を左右する一番の要因は魔力量であるが、それと同様に、実体の無い魔力をどのように顕現させるか、という想像力も欠かせない要素だ。

特に攻撃魔法においてはそれが顕著で、術者が直感的に強いとイメージできたものの方

が、圧倒的に力が増す。ヨーコの場合、それが獣の類いであったということだ。

「許さないって言った」

ヨーコは竜巻によって上空に舞い上げられたフロイラインに向かい、呪詛《じゅそ》のように呟くと、すっ、と手を伸ばし、更に上空に、雷の獅子《しし》を出現させた。

その牙がフロイラインの身体を捉えた瞬間――

「――っ！」

獣は本来の雷そのものへと姿を変え、フロイラインの身体を灼《や》いた。

落ちることも叶《かな》わず、上空で紫電に打たれ続けるフロイライン。

「まだ……まだっ！」

ヨーコはその雷撃を途絶えさせることなく、魔力を注ぎ込む。

そして、

「とどめっ！」

最後に特大の稲妻が叩き込まれ、フロイラインの身体はごしゃり、という鈍い音と共に、地面に落下した。

「はっ……はっ……」

四大属性魔法を全て打ち切ったヨーコは呼吸を乱れさせ――

「あらあら、お疲れ様です」

「――っ⁉」

フロイラインが、ゆったりとその身を起こした。

「効いて……ないの？」

「そんなことないですよ。かなり痛かったですから。ほら、見て下さい。ここ、ちょこっとだけ傷になっちゃってます……ちょこっとだけ警戒した方がよさそうですね」

フロイラインはにっこりと微笑《ほほえ》み、

「ということで、とりあえずこちらをどうぞ」

刹那、上空に隕石《いんせき》が出現し――

「――っ⁉」

ヨーコがそれを知覚した次の瞬間には、彼女の腹部に直撃していた。

「が……は……がはっ！」

激しく咳《せ》き込み、その場に膝を突くヨーコ。

「あら、お腹《なか》の一部を抉《えぐ》るつもりだったんですけど、タフですねえ」

「げほっ……私ももってかれたと思ったけど……彼に……感謝しなきゃ……」

ヨーコは補助や回復魔法に関しては、才能ゼロと言ってしまっていいレベルではあったが、自己の身体能力を高める肉体強化に関しては、攻撃魔法と同等の類い稀《まれ》なる才能があった。王城を出てから試験会場に辿《たど》り着くまでの約二十日、マヒトの勧めで、その肉体強化を徹底的に鍛えあげた。

『お、すげえじゃねえか。そのレベルまで達してりゃ、少なくともそこいらの魔族の魔法じゃ即死はしねえと思うぞ。てかやっぱりお前の成長速度、半端《はんぱ》じゃねえな』

だがマヒトはその後、表情を険しくしてこう続けた。

『だがなヨーコ。これはあくまでお前の身を守る為《ため》の措置だ。魔族と遭遇したら逃げることだけを考えろ。間違っても戦おうなんて考えるんじゃねえぞ。今のお前の実力じゃ、一撃死は避けられたとしても、その後で必ず殺される』

その時ヨーコは「オッケーオッケー」と軽く返し、事実そうなったら逃げ出す気でいたのだが――

「……ごめん。私、どうしてもここは退《ひ》けない」

フラウの背に刻まれた痛々しい火傷《やけど》の痕が脳裏に蘇《よみがえ》る。試験官の方も一命はとりとめるだろうが、失った脚が戻ることは二度と無い。

激しいモノが、己の内側で渦巻いている……初めて経験する、烈火の如《ごと》き怒りだ。

そして、そういう感情論を抜きにしても逃げ出す訳にはいかない。

ここでヨーコが離脱すれば、この魔族は標的を再びフラウ達に定めるだろう。

この状況を打開する為には――

「お前はここで……私が倒す！」

「あら、それは楽しみですね――【絶叫流星《アムール》】」

フロイラインは鼻唄混じりに隕石を上空に発生させる。

「さっきのよりも更に痛いですよ」

それは、ヨーコめがけて斜め一直線に猛落下。

「――っ」

が、ヨーコは身を捩《よじ》り、間一髪のところでそれを回避する。

威力を上げた為か、先程よりは若干速度が低下していた。

「このスピードならなんとか見切れ――」

「では、見えない所からですね」

「――っ！」

直後、ヨーコの背中に衝撃が走った。

「あぐっ……」

後方から放たれた隕石が、直撃。

「残念。一つずつしか出せないなんて、誰も言ってませんよ」

バランスを崩し、前方へ倒れこもうとするヨーコだが、

「うあっ！」

再度、前方の上空から襲いかかる隕石にその身を捉えられ、後方に弾《はじ》かれる。

「ぐうっ！」

かと思えば、今度は左上方から飛来し、脇腹が餌食《えじき》に。

「がっ！」

続いて逆サイドの太股《ふともも》――ヨーコがバランスを崩すと、待ち構えていたかのように倒れる方向から飛来する隕石によって、転倒することさえ許してもらえない。

「あら、なんだか踊ってるみたいですね」

微笑みながら眺める彼女の言う通り、それは不格好で滑稽な舞踏のようでもあった。

「が………はっ！」

ヨーコがようやく倒れることができたのは、その身に十発以上の隕石の直撃を受けた後。

そして、

「――っ‼」

とどめと言わんばかりに一際《ひときわ》巨大な隕石が、腹に突き刺さる。

「はい、終わりです」

魔族は満足そうにぽん、と手を打ち鳴らし、踵《きびす》を返した。

「さて、それでは先程の人達を追いかけ――」

「げ……ほ……ごほっ！……ま……だ……まだっ……」

その後方で、満身創痍《まんしんそうい》の少女が立ち上がる。

「驚きましたね……呆《あき》れる程の頑丈さです」

「あの子の……フラウの所には……絶対に……行かせないっ！」

「あら怖い。登場した時はあんなに軽い感じでしたのに、ひょっとしてこっちの方が本性なんですか？」

「そんなのどっちでもいい……お前みたいな外道は……ここで滅ぼす！」

「それは難しいんじゃないでしょうか。あなたの攻撃力では――」

「うおおおおおおおおおおおおおおおおおおおっ！」

大気を震わす程の、咆哮《ほうこう》。

それに呼応するかのように、爆発的な量の魔力がヨーコから発せられる。

「ふむ、さっきよりも出力が格段に上がってますね。ひょっとして、感情に比例して魔力が増幅するレアタイプなんでしょうか」

その呟《つぶや》きの内容が是であると答えるかのように、ヨーコの魔力は増大し続ける。

そして、彼女の両手に向かって一斉に収束していく。

「許さない……お前は絶対に………許さないっ‼」

激情と共に放たれたのは炎の龍。

だがそれは、先程のものよりも更に巨大で、更に熱かった。力を増大させた炎龍は唸《うな》りを上げながら魔族に襲いかか——

「はい、残念でした」

龍の頭は、片手でいとも容易《たやす》く堰《せ》き止められた。

「大分頑張ってますが、私を傷つけるのには少々足りないですね」

「だったら……もっと増やせばいい」

「え？」

「う……ああああああああああああああああああっ‼」

再びの咆哮……いや、それはもう絶叫と呼んだ方がいいだろう。

己の全てを絞り出さんとする裂帛《れっぱく》の気合いに応じるかのように、炎の龍は己の身を更に激しく燃え盛らせる。

「あら、ちょっとこれは……予想以上ですね」

余裕綽々《よゆうしゃくしゃく》だったフロイラインの顔色が僅かに変わり、もう片方の手も突き出し、両手で龍を押さえにかかる。

が――

「え？」

「い……けえええええええええええええええええええええええええええええええっ‼」

「ちょっと待ってください……これは……い、いくらなんでも出力が上がりす――」

巨大な爆発が起こった。

フロイラインの周囲は灼熱《しゃくねつ》の地獄と化し、離れた所にいるヨーコにまで夥《おびただ》しい熱風が吹き付ける。

「ぜっ……ぜっ……ぜっ……」

ヨーコは激しく息を切らせ、力尽きたように片膝をつく。

「出し……切った……これで駄目だったらもう――」

「そうですね、死ぬしかありませんね」

「なっ……」

黒煙の中から、フロイラインが姿を現す。何事もなかったかのような、涼しい顔で。

「う……そ……」

ヨーコは愕然《がくぜん》とし、目を見開く。

「焦《あせ》ったように見えました？　演出ですよ、演出。上げてから下げた方が、あなたの恐怖を引き出せそうですしね」

「なんで……全力……だったのに……」

「魔力量は人間にしては中々ですが、それを凝縮させる技術がまだまだですね。そこに気をつければまだまだ伸びると思いますよ」

フロイラインは変わらぬ調子で微笑んだあと、

「まあ、その前にあなたの命はここで終わりますが」

瞳孔を散大させた。

「――っ！」

ヨーコは瞬間的に後方に飛び退《すさ》り、両手を前に突き出す。

「あら、どうしたんですか？」

「私はもう、攻撃しない……残った魔力を総動員して、防御に専念する」

「ん？　急に弱気になっちゃいましたね。それじゃあ私を倒せませんよ」

「……それでいい。時間稼ぎができればそれでいい。もうじき彼が……お前を倒せる人が、来てくれるはずだから」

「へえ……そんな人間がほんとにいるなら会ってみたいものですが……それ以前に、本気で私の攻撃に耐えられると思ってるんですか？」

「……それは問題ない。お前の攻撃力は脅威だけど、魔族として考えれば然程《さほど》でもない。もっと高位の魔族であったなら、私は一瞬で消し炭になっている筈《はず》。防御だけに専念すれば、彼が来るまでは十分に持ち堪《こた》えられる」

「そうですね。私は今のところ、魔族の中では下位に属しています。ですが……ふふ」

自らの序列を認め、その後でなぜだか微笑《ほほえ》むフロイライン。

直後、彼女の身体《からだ》から、蒸気のようなものが噴き上がってきた。

そして、その体表に変化が現れる。

「身体が……赤くなってる？」

青みがかっていた皮膚は、徐々にその色素が薄くなっていき——グラデーションを経て、淡い赤色になり、今度は次第に濃度を増していった。

「………………ふう」

そして、最終的には暗青色とは真逆の、深紅の肌が姿を現した。

「こ、これは……」

「それを説明する前に、ちょっと上を見てもらえますか」

「上?……なっ!」

そこには、隕石《いんせき》が浮かんでいた。

先程までのものが児戯に感じられる程の巨大さと、凶悪な魔力を携えて。

「実は、今までは全然本気じゃありませんでした。この状態になると、ご覧の通り魔力が飛躍的に増大します」

「そ、そんな……」

瞬時に理解できた。あれをくらえば、肉体強化などなんの役にも立たず、骨も残らぬ程に焼き尽くされると。

「フルチャージまでもう少し待って下さいね。やはりきちんと完成したものをプレゼントしたいですから。あ、でも逃げようとしたら即叩《たた》き込みますので、あしからず」

「っ…………」

このまま座していても、逃げても、待っているのは確実な死。

その極限状態で、ヨーコが取った選択は——

「おおおおおっ!」

魔族に向けての一直線の突進。そして――

「おおあっ！」

魔力により強化を施したその拳を、魔族の顔面に向けて放つ。

「あら、急に原始的になりましたね」

が、そんな直線的な攻撃が通用するはずもなく、

「ぐっ……当たれ……当たれえっ！」

連続して放たれるそのどれもが、空《むな》しく空を切る。

「センスは感じますが、格闘の動きにはなってませんね」

魔族は涼しい顔で避け続け、微笑みながら人差し指を立てた。

「そんな苦し紛れの雑な攻撃なんて、当たるもんじゃありませんよ」

「ぜっ……ぜっ……それでも……構わない。こうして距離を詰めておけば、お前はあの隕石を落とせない。そんなことをしたら自分も巻き込まれ――っ!?」

矢のような回し蹴りがヨーコの腹部に突き刺さる。

「ぐっ！……がっ！……」

ヨーコは吹き飛ばされ、もんどり打ちながら地を転がっていく。

「さあ、どうします？　距離が開いちゃいましたよ」

「か……はっ……」

魔族が煽《あお》るような言葉を放つ中、ヨーコはよろよろと立ち上がる。

「うう……」

そして、再び上空の隕石に視線を向ける。

更に質量を増大させたそれを、視界に入れた瞬間――

「…………あ」

ヨーコの中で何かが切れたのが、魔族にも感じ取れた。

「…………無理」

そしてその膝から力が抜け、ぺたん、と座り込んだ。

「これは……無理」

今まで幾度となく見てきた光景だ。

最初は自信満々に、自分を倒すとのたまっていた人間の心が折れる瞬間。

何度繰り返そうとも――最高だ。

ヨーコは放心した様子で、虚《うつ》ろな表情を浮かべる。

「私……なんでこんなことしてるんだろ……」

そして、何かを思い出すかのように、ぼそぼそと呟く。

「この前まで、友達とお喋《しゃべ》りしたり、家でゴロゴロしながらマンガ読んだり、スマホポチポチしながらつい夜更《よふ》かししちゃったり……毎日楽しく過ごしてたのに……なんでこんな世界で……こんな目にあってるの？」

そして、悲痛な声を絞り出す。

「もうやだ……家に……家に帰りたい……」

対照的に、フロイラインの心は昂《たか》ぶっていく。

もっとだ……もっと落ちろ。

ヨーコの頬を、一筋の雫《しずく》が伝っていく。

「助けて……」

そして、その一粒を皮切りに決壊する。

「誰か……誰か助けてよ……」

大粒の涙が、ヨーコの頬を濡《ぬ》らしていく。

「マッヒー……どこにいるの？　早く……早く来てよ……」

ここにはいない誰かに縋《すが》るかのように、上方に向かって手を伸ばす。

「ふふ、残念ですが、現実は創作物の英雄譚《たん》ではありませんので、都合良く助けなど現れませんよ」

まあこの少女自身が割って入って来てはいるが、結局はこのザマだ。

「来る……マッピーは絶対助けに来てくれるっ！……うう……うううぅっ！」

少女は半ば錯乱状態に陥りながら、顔に手をあてて蹲《うずくま》ってしまった。

それを目にしたフロイラインは、

（ああああ……いい……………いい）

極上の愉悦を湛《たた》えていた。

（たまりません……人間が壊れていく様は、なんでここまで胸が躍るんでしょうか）

そして、うっとりとした表情のまま、少女に向かって歩み寄っていく。

（でもまだ……これはこれで悪くないですが……まだです）

あまりに追い詰めすぎると、人間は恐怖すら通り越して、このような絶望状態に陥ってしまう。

極限の絶望を目の当《ま》たり《あ》にするのも甘美ではあるが、フロイラインは『感情喰らい《マインドイーター》』

——やはり絶頂に達する為《ため》には、恐怖が必要だ。

そこに至る為には、少女の精神を少しばかり落ち着けなくてはならない。

優しい言葉をかけ、ちゃんと恐怖することが、、、できるところまで、心を整えてあげなくてはならない。

恐怖を感じさせる為に、絶望を和らげる。

そんな矛盾した行為を為《な》すために、フロイラインはしゃがみ込む。

「大丈夫ですよ。悪いようにはしませんから、まずはそのお顔を見せてくださいね」

そして穏やかな調子で語りかけながら、顔を覆っている両手をそっと引き剝がし――

「……え？」

驚きに、目を見開いた。

そこにあったのは、彼女の期待したぐちゃぐちゃの表情ではなく――

「ふっふーん。女の涙を信じるたぁ、案外純情ですな」

人を食ったような、笑顔。

（……どういう……ことですか？）

フロイラインは軽い混乱に陥ると同時に――初めて、微《かす》かな不安を抱いた。

その正体を測りかねている間に、少女が言葉を続けた。

「んでもって、本気出してなかったってのはちょっと盛ってないかい？『双皇《そうこう》』ってその赤い肌になると、たしかに攻撃力は上がるけど、その代わり防御力は極端に低下するんでしょ？　パワーアップってより、使い分けのモードチェンジって感じだよね、それ」

……なぜほとんど人間に知られていないはずの自分達の血族名と、その身体的特徴を把握している？

いや、それよりも――

「お、その反応はあたりっぽいね。さすがインテリヨーコちゃん。ま、全部マッヒーからの受け売りだけど。いやー、色んな血族の特徴、丸暗記しといてよかったー」

なぜこの少女はこんなにも余裕なんだろうか？

恐怖を通り越して絶望し、震えていたはずなのに。

まさか、演技だったのか？

だとしたら……ど、どこから？

「最初からだよん」

「――っ」

胸中を見透かしたような少女の言葉に、心臓が跳ねる。

怒りで性格が変貌したように見えたのも……絶望しているように見えたのも、全ては芝居だったと？

「ちっちっち。どんなピンチに陥っても美少女戦士はあんなに取り乱したりしないのだよ。

あ、その肩書きだと何かにひっかかりそうだから今のナシで」

それは……何故《なぜ》？

もしかして――

「防御力が下がるこの状態に誘導する為……ですか？」

「イエス！」

親指を立てて快活に笑う少女。

その自信に満ち溢《あふ》れた表情を目にしたフロイラインは――

「……あはぁ」

唇の端を吊《つ》り上げた。

何ということはなかった。得体の知れない態度に少しばかり肝を冷やしたが……所詮は小娘の浅知恵。

「あらあら、それは残念でした。防御力が下がると言ってもそれはあくまで比較しての話ですよ。この形態でもあなたの最大火力の倍は耐えられます。どうやっても私に傷を付けることは――」

「あはは、よかった」

「……え？」

「それって三倍なら無理ってことだよね」

「それはどういう――」

そこでフロイラインは、背後の薄ら寒い気配に気付く。

そして振り返り、見た。

「なっ……」

猛《たけ》り狂《くる》う炎を身に纏《まと》った、龍の威容を。

――背筋が凍った。

その魔力密度は、先程受けたものの比ではない。

直感が告げていた。

これは、自分の命に届くモノだ。

「ま、まさかっ……」

偽っていたのは態度だけではなく……魔法の威力もだった？

絶叫し、絞り出すように繰り出した魔法は、あれが最高火力だと勘違いさせる為の演技で、実は加減されていた？

(な、なんなんですか……この子)

フロイラインは戦慄を禁じ得なかった。おそらくは自分の十分の一も生きていないであろう、ただの人間に対して。

この齢《よわい》にしてここまでの魔力を有しているのも異様だが、問題はそこではない。

下手をすれば命を落としかねない状況で、冷静に自分の立てた計画を実行し、その上でまるで今が日常の一コマであるかのように笑ってみせる、圧倒的な肝の据わり方。

一体、どのような育ち方をすればこんな精神構造の人間が出来上がるというのか。

そこまで思考を進め、フロイラインは、はっ、とする。

今は、そんな分析をしている場合ではない。

（ま、まずいっ……）

致死の唸《うな》りを上げる背後の炎龍。あれが放たれる前に――こいつを始末しないと。

上方の隕石《いんせき》は……駄目だ。

先程少女が言った通り、この距離で直撃させれば自分もただでは済まない。

通常の隕石を背後に発生させ、叩《たた》き込むか？……いや、これも確実ではない。いくらモードを変えて攻撃力が上がっているとはいえ、溜《た》めもなく即出せるようなものでは、このタフネスさを誇る少女を即死させられる保証は無い。

ならば――

フロイラインは無言のまま、超小型の隕石群を手のひらの中に発生させる。

一つ一つの威力は然程《さほど》でもないが、その全てを至近距離から急所――顔面にでも叩き込めば、十分に致命傷たり得る。

幸いこの少女は己の目論《もくろ》みが成功し、油断している。

意を決したフロイラインは、己の全神経を集中させ、その懐《ふところ》に飛び込む。

「死んでくださ――」

「あ、そういえばどこかで聞いた話なんだけど」

「なっ……」

少女はまるで台本でそう決まっていたかのように、ひょい、と身を捩《よじ》って躱《かわ》してみせた。

「知ってる？ 苦し紛れの雑な攻撃なんて、当たるもんじゃないらしいよ」

「ぐっ……」

「あと、何か狙ってるのが顔に出すぎだね。そんなんじゃ女優にはなれませんぜ、チミィ」

「あ、ありえませんっ！ こんなふざけた人間に私が――ああああああああっ⁉」

フロイラインの身体《からだ》を、龍の顎が捉えた。

そして、がっちりと拘束したまま、天に向かって立ち昇っていく。

「う……わあああああああああああああっ！」

少女はまるで花火見物でもするかのように、額に手をあて、上空を眺めながら呟《つぶや》く。

「あ、ごめん嘘吐《うそつ》いた。なんか私、また魔力上がってたみたい。三倍じゃなくて、さっきの四倍はあるかも」

その言葉はフロイラインの耳に届かなかったが、真実だとするならば――防御力が半減していることを加味して――先程の体感八倍の炎熱が、彼女を襲っていた。

「あ、熱いっ！……灼《や》ける……身体が灼けるうううううっ！」

だが、フロイラインがいかに業火《ごうか》に悶《もだ》え、叫ぼうとも、炎の龍に慈悲はない。

むしろ、更に炎を燃え盛らせながらうねり、旋回し続ける。

「があああああっ！……ああああああああっ！」

地獄の苦しみの中、フロイラインにとある感情が湧き上がってきた。

それは、今まで散々人間に与え続けてきたにもかかわらず、彼女自身が抱くことのなかったもの。

「い、嫌です……嫌っ！　私が……私がこんな所でええええええっ！」

炎龍は、まるでその恐怖を燃料にするかのように、一際《ひときわ》強く、熱く、その身を滾《たぎ》らせた。

「あ……ぎゃあああああああああああああああああっ‼」

そして、フロイラインの絶叫と共に、すう、と消失する。

超高度に投げ出される形になった彼女は、重力に従い落下していき――

「があっ！」

地面に叩き付けられた。

状況としては少女の初手の時とほぼ同じであるが、負っている痛手が桁違いだった。

炎龍の抱擁をたっぷりと受けたその身体は爛《ただ》れ、最早《もはや》腕の一本すら動かすことも困難。

「あ…………………う……」

「うわー、まだ意識があるんだ、ガンジョー。魔族の身体ってどうなってんのかな」

少女が呆《あき》れたような口調で近寄ってくる。

（何故……何故私がこんな小娘にっ……）

だが、フロイラインは悟っていた。

身体的・魔力的スペックでは圧倒的に勝っていたはずの彼女の最大の敗因は――

「この……嘘…………つき」

掠《かす》れる声で、なんとかそれだけを絞り出した。

「ちっちっち。違うんだな、それが」

しかし少女は、立てた人差し指を左右に振りながらそれを否定する。

そして、

「――っ⁉」

フロイラインの胸部を、魔力で強化した足で――力の限り踏みつけた。

ゴギャリ！　という鈍い音が体内で反響し、胸骨が砕けていく。

「か…………は…………」

意識が途切れる直前、魔族の目に映った黒髪の少女は――

「友達を傷つける奴《やつ》は許さないっていうのは、ほんとだから」

燃え滾るような、真っ赤な怒りを湛《たた》えていた。

4

「ふ……う……」

魔族が意識を失ったのを確認して、ヨーコはその場に座り込む。

「はは……さすがにちょっときついな……」

ギリギリの……本当に紙一重の戦いだった。もうほとんど魔力が残っていない。

できればこのまま寝てしまいたい。

だが、ヨーコにはまだやらねばならないことがあった。

『いいか。魔族に対してはただ勝つだけじゃ駄目だ。必ず息の根を止めろ。相手が完全にくたばるまで絶対に気を抜くな』

マヒトの言葉が脳裏に蘇《よみがえ》る。

今現在は戦わないこと、と再び念を押され、あくまで将来的な心構えとして語っていたことだが……まさかこんなに早くその事態に直面するとは思わなかった。

ヨーコは立ち上がり、仰向《あおむ》けに倒れているフロイラインを見下ろした。

「…………」

胸の辺りが僅かに上下動している。絶命してはいない。

魔族の回復速度は人間の比ではないと聞く。このまま放置すれば程なくして復活し、ヨーコは殺され、その後、フラウや試験官達も全滅の憂《う》き目《め》に遭うだろう。

そう考えれば、ここで止《と》めを刺すのは正当防衛の範疇《はんちゅう》だ。

いや、そもそもそんなことを考える必要すらない。ここは異世界。ヨーコが暮らしていた社会の法律や倫理観が適用される場所ではない。

殺《や》らなければ……殺られる。

「……悪いけど」

ヨーコは僅かに残った魔力をかき集め【ファイヤーボール】を発生させる。

いかに基礎魔法とはいえ、意識の無いこの状態で頭部に叩き込めば、命を奪い取ることができる。それは確実だ。

「…………」

ヨーコはごくり、と唾を飲み込み、照準を合わせる。

「……………………………………………………」

そして、長い逡巡《しゅんじゅん》の後――

「はは……ちょっと無理かも」

【ファイヤーボール】を引っ込め、額に手を当てた。

客観的に考えて、絶対に殺すべきだ……いや、殺さなければならない。

だが、理屈ではなく、知的生命体の命を奪うことを、身体が拒否していた。

「こりゃまずいなあ……覚悟してたつもりだったんだけど、自分がこんなに甘いとは思わなかっ――」

「はっはっは。随分と優しいお嬢さんだ」

「――っ⁉」

唐突に背後から声がして、ヨーコは反射的に振り返る。

「おやおや、顔も随分とかわいらしいじゃないか」

その男――灰色がかった肌の細身の魔族は、口元の髭《ひげ》を撫《な》でながら薄く笑う。

「……っ！」

ぞわり、と全身の毛が逆立ち、ヨーコは思わずその場から飛び退《すさ》った。

「おいおい、そんなに嫌がらなくてもいいじゃないか。傷ついてしまうよ、私は」

駄目だ……これは、駄目だ。

この生き物と関わるべきではない……ヨーコの本能が全力で警鐘を鳴らしていた。

間違いない。試験の途中で感じたよくない気配は、この男のものだ。

「まあ聡《さと》いのはよいことだがね。先程交戦した試験官とやらは、彼我の戦力差も把握できずにまあ勇ましく向かってくること向かってくること」

この魔族が現れたのは、フラウ達が逃げたのとは別方向。

とすれば、話題に上っているのは別のエリアにいた試験官のことであろう。

「……殺したの？」

「はっはっは。この私、ジェネラルは無益な殺生《せっしょう》は好まない質《たち》でね。栄養とする価値もなさそうだったので、適当に痛めつけて放置してきたよ」

その言葉を聞いても、この男が慈悲深いなどとは露ほども思わなかった。

裏を返せば、それは――

「――だが、君はその限りではないようだ」

必要があれば、殺すということだから。

「それも、極上だ」

噴き出す汗が、止まらない。

「現時点での実力で言えば、試験官の中に一人、君よりも格上であろう者がいたがね。肉の輝きのレベルが違う。ここまでの逸材には出会ったことがないよ」

このジェネラルという魔族は、先程まで戦っていたフロイラインよりも遥《はる》かに――

「く……うっ……はあっ……はあっ……」

その彼女が、最悪のタイミングで目を覚ました。

「あ、あはは……こりゃちょっとピンチ……なんてレベルじゃないな、どーしよ……」

早々に止めを刺さなかった己の甘さを呪うも、後の祭り。

「おや、随分とやられたものだね。身体の方は大丈夫かい？」

「ええ……少し……油断……しました」

さすがに全身の夥《おびただ》しい火傷《やけど》は消え去っていないが、よろよろと立ち上がる。

話に聞いていた以上の、驚嘆すべき回復力だった。

「ちょっと……下がっていてくれますか。私が止めを刺しますので」

ヨーコとフロイライン、満身創痍《そうい》なのは双方ともだが、置かれている状況はまるで違う。

フロイラインは急速な回復の途上にあり、ヨーコの魔力は枯渇《こかつ》寸前。

「はは、さすがのヨーコちゃんも打つ手がないぞ、こりゃ……」

ヨーコは引き攣《つ》り笑いを浮かべながら、後ずさる。

「ふむ。では私が代わりに一手、打つとしようか」

ジェネラルは軽く言い放つと、フロイラインに視線を向け――

「【闇の小路《アイン》】」

「……え？」

彼女の左胸を、漆黒の熱線が貫いた。

それは、ジェネラルの人差し指から放たれた、暴虐的な魔力の塊。

「ご……ふっ……」

フロイラインの口からは黒々とした血が溢《あふ》れ、その目が驚愕《きょうがく》に見開かれる。

「な、なん……で？……」

彼女が発することができた言葉は、それが最後だった。

地に倒れ伏すと同時に、その身体《からだ》は黒ずみ、ボロボロと崩れ去っていき、やがて灰へと姿を変えた。

「ど、どうして……仲間じゃ……ないの？」

ヨーコは眼前の状況が理解できず、戸惑いをみせる。

「仲間？　ふむ、我々魔族でそういう概念を持ち合わせている者は、稀少《きしょう》ではないかな。多少なりとも戦闘の手駒になるのなら生かしておいても構わなかったが、人間に不覚をとるような無能に存在する価値はない」

到底理解のできない倫理観に、改めて目の前の男が、自分とは異なる生き物であると認識し、戦慄するヨーコ。

「戦闘力という観点からすると、同時に目覚めたもう一名は申し分ないが……私が王となる為《ため》には些《いささ》か配下の数が足りないな」

「王に……なる？」

界でも同様らしい。

「然《しか》り。私は現魔王を倒し、その地位を奪い取る心積もりだ」

人間においても現体制への反乱やクーデターは珍しいことではないが、それは魔族の世界でも同様らしい。

ましてや、同族をなんの躊躇《ちゅうちょ》もなく葬《ほうむ》り去る精神性の種族であるなら尚更《なおさら》だ。

魔王を倒す。それ自体はヨーコ達の目的と同じだが――

「さて、話を戻そうか。栄養のお嬢さん」

……だからと言って、手を取り合えるはずもなかった。

「配下も重要だが、まずは王となる私が強大でなければ話にならない。その為の一番手っ取り早い方法は……君のような至高の素材から、力を取り込むことだ」

「は、はは、こう見えても私、結構鍛えてるから、食べても固くておいしくないと思うよ……なんちて」

「おや、私が君を直接喰《く》らうつもりだと、よく分かったね」

「……え？」

「魔族が人間を栄養素とする場合、その対象は魔力や血液――少々珍しいものだと感情――このあたりが人間に知られているところだと思っていたのだが……やはり聡いお嬢さんだ」

「ちょ、ちょっと待って……え？　食べる？　比喩じゃなくて私を直接食べるってこと？」

「ふむ、どうやら認識に齟齬《そご》があるようだ」

「――っ⁉」

ヨーコの眼前に、ジェネラルの顔があった。

「はっはっは。驚いた顔もまた、食欲をそそるものがあるな」

どうやって近づかれたのか、全く視認できなかった。

「どれ」

ジェネラルはヨーコの顎を摑《つか》み、クイ、と持ち上げた。

動けない。

別に全身を拘束されている訳ではないのに、動けない。

フロイラインを騙《だま》しきり、手玉に取ったヨーコの精神力を以《もっ》てしてなお、ジェネラルの存在にその身が竦《すく》んでしまっていた。

「それでは頂戴するとしようか」

まずい……この状況は、相当にまずい。

意図的に危機を演出していた先程とは違い、策はもうない。

「ま、待った！　ちょい待ち！　そ、そうだ、私のお昼、ヘコキ虫弁当だったから、食べたら絶対臭いと思──」

「レディーはそのような下品な発言は慎むべきだな。少し黙ろうか」

「──っ！」

腹部に強烈な突きを叩《たた》き込まれ、悶絶《もんぜつ》するヨーコ。

「お……えっ……」

「おやおや、絶命させるつもりで打ったのだが、頑丈だな。だが君のその才能の煌《きら》めきが、私の優しさを無駄にしてしまったようだ」

ジェネラルは裂けるかと思う程口角を上げ、ニイイ、と笑った。

いや、その表現は正確ではない。

その口は、実際に裂けていた──耳の付け根辺りまで。

「生きたまま食べられるなど、さぞかし恐ろしかろうに」

裂けた口は極限まで開かれ、その歯はメギョメギョ、と音をたてながら、鋭利な刃のように形状を変化させていく。

「は、はは……こりゃちょっと……駄目……かも」

抵抗しようにも、先程の突きへの防御で、最後の魔力も使い果たしてしまった。

眼前に迫った口内からは、強烈な獣の臭気が漂ってくる。

だが、それを嫌悪《けんお》する感覚も……恐怖すらも薄れ、ヨーコの頭は朦朧《もうろう》としていく。

鋭利な歯が、自分の頬にずぶり、と沈み込むのが感じられた。

「あちゃあ……こんなはずじゃなかったんだけどなあ……ごめんね、お父さんお母さん、……ごめんね、硝《しょう》――」

ヨーコの意識はそこで途切れ――


「……ん？」


――ることがなかった。

そして、唐突な浮遊感。

「あれ？……死んで……ない？」

上から語りかける声があった。

「よう、なんか諦めかけてたみたいだけど、らしくねえんじゃねえのか？」

その赤髪の青年は、少しからかうような口調でヨーコに語りかけた。

「マッヒー……」

「おいおい、なんだよその弱々しい面《つら》は。ほんとにらしくねえな」

「なはは……でも、私がお姫様抱っこなんて、もっとらしくないんでない？　そういうのは本物のお姫様にやってあげなきゃ。マッピーが遅いから、私が助けちゃったよ」

「そっか……ありがとな。気配が消えた一体はお前が倒したのか」

「はは……止《とど》め刺したのはそこのお髭マンだったけどね。なんにせよ戦わないって約束破っちゃった、ごめんね」

「生きてりゃそれでいい」

「うん……なんか、安心したら眠くなってきちゃった……」

「好きなだけ寝てろ。起きた頃には全部終わってる」

マヒトはゆっくりとしゃがみ、ヨーコの身体をそっと横たわらせるとジェネラルに向き直った。

「……そこの三下」

「はっはっは。それは私のことかな」

「テメエ以外に誰がいるってんだ」

「随分と粗暴な言葉遣いだ。もう少し紳士的な振る舞いはできないのかね」

「紳士？……どの口が言ってんだ」

「何か不服かね。私は自他共に認める紳士で――」

「女の顔に傷付けてんだろうが！」

マヒトは、烈火の如《ごと》き怒りを迸《ほとばし》らせた。

「これは異なことを。君は畜生を食べる時に性別を気にするのかい？」

「……なんで揃《そろ》いも揃ってそんな胸糞悪《むなくそわり》ぃ思考してんだ、魔族の連中は」

マヒトは地の底から響くような声を発し、ジェネラルを睨《にら》み付ける。

「どうやら教育が必要なようだな」

「教育？　随分と上から目線だね。人間である君が、一体どのような立場から物を言っているのかな」

マヒトは親指を自らに向けながら、ジェネラルに言い放つ。

「テメエの元上司だよ」

5

「上司？」

「……いや、こっちの話だ」

「ふむ。まあなんにせよそこをどいてくれたまえ。そのお嬢さんはなんとしても取り込まなくてはならない。私が王となる為に」

「――王だと?」

マヒトの眉が、ぴくりと反応する。

「然り。私は現魔王を実力で討ち倒し、その座を奪い取る」

態度は飄々《ひょうひょう》としているが、その瞳からは絶対的な自信が窺《うかが》えた。

「……そーかよ。なら一つだけ聞く。王になる為に必要なものは何だと思う?」

「はて、その答えが何か君に関係があるのかね?」

「俺もそれだったんだよ……元、だがな」

父に行動を著しく制限されていたマヒトは、活動範囲が魔王領のほんの一部だけであった。加えて即位後、ほぼ間を置かずにその立場を追われている。魔族全体からしてみれば、その顔を知らない者の方が圧倒的に多いだろう。

「ほう。その若さにしてなかなか数奇な運命を辿《たど》っているじゃないか。まあたしかに、君の眼《め》に宿る力には並々ならぬものを感じるが」

「いいから答えろ。お前が考える王の資質とはなんだ」

「ふむ、ではお答えしよう。それはシンプルに『力』だ。全てをねじ伏せ、頂点に君臨する圧倒的強さこそが、王たる者の絶対条件だ」

「……最高につまんねえ答えが来たな」

「はっはっは。すまないね、君の求める答えとは違っていたようだ。だが、そこまで言うのならご教授いただけると嬉《うれ》しいのだが」

「俺も分かんねえから聞いてんだよ……だがな、『力』は違う。そんなのは王には必要なもんじゃや——!?」

「【闇の小路《アイン》】」

漆黒の熱線が、マヒトの腹部を貫いた。

「が……はっ……」

その口からは鮮血がこぼれ落ち、腹に穿《うが》たれた風穴からも、大量の血液が溢《あふ》れ出る。

「いやいや、やはり『力』は大事だと思うがね。このように、何かを勘違いした輩《やから》を黙らせることもできる」

語り口こそ軽い調子のままだったが、その目には獰猛《どうもう》な光が宿っていた。

「この『闇魔法』——魔族の中でも、使用できる者は極端に限られている。そのことも、私が王たり得る所以《ゆえん》だと思わんかね」

「…………」

しかし、既に地に伏したマヒトから反応が返ってくることはなかった。
《うわ～、いきなり超ピンチだ》
マヒトの頭の中に、声が響く。
《いくらマヒト君でも、やっぱり素の力だけでは魔族に敵《かな》わないってことだね》
それは、王城で聞こえてきたものと同じ、聖剣の声。
《マヒト君。このままだと死んじゃうよ。魔王としての力を復活させないと勝ち目はない。だから――》
その声は優しく、そして甘く、囁《ささや》く。
《あなたの全てを頂戴》

遡ること少し前。

魔族の存在を感知し、二次試験会場から飛び出したはマヒトは、全速力で疾走しながら思考を進めていた。

（ちっ、三体バラけて行動してやがる……どうする？）

マヒトは魔族の存在を感知できているが、人間が発する魔力を探ることはできない。フラウやヨーコが三体の内、どの魔族の近辺にいるのか知る術《すべ》はない。

仮に分かったところで、襲われている他の人間達を無視してまで先に助けられることを、あの二人は望まないだろう。

（一番近い所から回るしかねえな……いや、それ以前の根本的な問題として……このまま向かったところで、勝ち目がねえ）

マヒトの身体《からだ》には強固な呪いが課せられている。

この状態では魔族はおろか、その辺りに潜んでいるかもしれない低級モンスターにすら一方的に蹂躙《じゅうりん》される。

（くそっ……どうすりゃいいんだ！）

《随分お困りみたいだね～》

「ん？」

そこで、頭の中に声が響いてきて、マヒトは思わず足を止めた。

「お、お前まさか……あん時の聖剣か？」

《はい、大正か～い。ぴんぽんぴんぽ～ん》

この感じは間違いない……相変わらずの気の抜けた喋《しゃべ》り方だった。

《それよりも止まっちゃっていいの？　緊急事態なんでしょ》

「そ、そうだ！」
マヒトは、はっとして、全力疾走を再開する。
《邪魔しちゃったみたいでごめんね。私とマヒト君は繋《つな》がってるから、直接じゃなくて、頭の中で念を飛ばしてもらえば、それで会話ができるよ》
マヒトは言われるがまま、脳内で言葉をイメージする。
《……………………こうか？》
《あ、そうそう上手上手。これで走りながらでもお話できるね～》
なぜこんなことが可能なのか解《げ》せないが、できているものは否定のしようがない。
《いくら話しかけても反応しなかったくせに、今更なんなんだよ》
《あ、ひどい～。お姉さんももっとマヒト君とお話したかったんだけど、力が足りないからしょうがないんだよ。普段から抑えておかないと、肝心な時に出てこられなくなっちゃうからね。まあ誰かさんがポッキリやっちゃったからなんだけど》
《う……それに関しては悪かった》
《ふふん、私は寛大だから許してあげよう。まあなぜこんなに優しくて綺麗《きれい》なお姉さんが剣に宿っているのか、っていうのはとりあえずおいといて、要点だけお話しするね》
綺麗かどうかは判別のしようがないが、いい性格をしていることは間違いなかった。

《『聖』剣である私は、『闇』属性の魔法によって課せられたマヒト君の呪いを、一時的に解除することができる。あの、ドラゴンの時みたいに。でも、あの時は全てが解消された訳じゃなくて、弱体化がなくなっただけだったよね？　本来なら私を持ってるだけで、呪いを打ち消して魔王としての全ての力が発揮できるようになるはずなの。でも今のこの状態じゃ、あれが精一杯なんだ》

《う……だから悪かったっての》

《あ、違う違う。さっきはちょっとふざけて寛大だからとか言ったけど、元々ほぼ力を失ってて、折れちゃった部分は飾りみたいなもんだったから気にしないで。私は所有者から『あるモノ』を吸収することでしか、私は本来の姿を取り戻すことができないの》

《『あるモノ』？　そりゃ一体――》

《ものすごく端的に言うならば、『正義の心』だよ》

《は？　なんだそりゃ？　意味わかんねえぞ》

《マヒト君、私を抜くことができるのは、どんな資質を持った人だった？》

《ん？……たしか、『勇者適性値が高く、人間を愛し、魔族を討ち倒す強い意志のある』奴《やつ》だったよな》

《ぴんぽ～ん。そうなの。私はそれ――『人間を愛し、魔族を討ち倒す強い意志』――を

吸い取って力にする聖剣なの》
《意志を吸い取る？　なんだってそんな面倒臭い仕組みになってんだよ》
《それには深～い訳があるんだけど、話すととっても長くなるから、また今度ね。とにかく、私はそうしないと力を発揮できない、そういう仕様になってるの》
《……まあ、魔族の中でも感情を喰《く》って力にする奴もいるしな》
《──だから、頂戴》
「なっ……」
マヒトは思わず生の声をあげてしまった。
それまでの緩いものとは一線を画する、歪《いびつ》で、邪《よこしま》な声音。
《あ、ごめんね。お姉さんのちょ～っと黒い部分が出ちゃったみたい》
《一体なんなんだお前は……》
《ふふ、乙女は秘密が多いんだよ。ということでごめんね、なんの代償も無しにしてあげられるのはせいぜい身体的な弱体化の解除まで。つまりはお城の時と同じ状態ってことだね。あの時の下級ドラゴンは魔法無しの状態でもどうにかなったけど、今回は相手が悪すぎるよ。いくらマヒト君でも、魔力を解放しない状態で魔族に勝つことは不可能だよね》
《………その正義の心とやらを吸われたらどうなる？》

《吸収の度合いに応じて、マヒト君からそれが失われていくの。仮に魔王としての全ての力を取り戻すレベルまで捧《ささ》げたら、最早《もはや》正気を保っていられなくなるだろうね。言うなれば暴走状態。見境無しに殺戮《さつりく》を始めてもおかしくない》

《……そんな話をされて、はいそうですか、ってお願いすると思うか？》

《でも、そうしないとフラウちゃんもヨーコちゃんも助けられないよ》

《…………》

《えへへ、楽しみに待ってるね。それじゃ〜》

聖剣は間延びした口調で、マヒトとの脳内会話を打ち切った。

そして、現在。

「…………」

《マヒト君、いきなり全てを捧げる必要はないからね〜》

倒れ伏すマヒトへ、聖剣からの脳内会話が飛び続ける。

「…………」

《最初はちょっとだけでいいんだ。少しだけ力を分けてくれれば、とりあえず簡単な闇魔

法だけでも使えるようになるから》

「…………………」

《あ、あれ？　マヒト君、もしかしてもうガチで死にかけてる？　こ、困るよ、せっかくみつけた生けに――》

「黙ってろ」

不機嫌そうな声が響き、マヒトがのそりと立ち上がる。

《ちょ、ちょっと、無理しない方がいいよ。お腹《なか》に穴空いちゃってるんだから、魔法で回復させないと――》

「穴？　そんなもんねえよ」

《……へ？》

メリメリメリ、と何かが締め付けられるような音が響き、傷が瞬《またた》く間《ま》に塞がっていく。

「おや、これは恐れ入った。どうやら相当な回復魔法の使い手のようだね」

それを見たジェネラルは、おどけた調子で拍手をしてみせた。

「魔法？　違うな。これは自前だ」

マヒトは再生の終わった腹を軽く撫《な》で、魔族に向かって一歩踏み出した。

「お前の言う『強さ』はこんなもんか？」

「随分と煽《あお》るじゃないか。では少しだけ、出力を上げようか――【闇の道程《ツヴァイ》】」

先程は人差し指一本から放たれていた、漆黒の熱線。

ジェネラルは人差し指と中指を揃《そろ》え、倍の出力と濃度を持った熱線を、マヒトの心臓へと向けて放った。が――

「もう一度聞くぞ。こんなもんか？」

「……む？」

直撃を受けても平然としているマヒトに、魔族は初めて警戒の色を見せる。

「ほう……よもや準勇者クラスの実力者か？　で、あれば！」

ジェネラルは両の手のひらを重ね合わせ、十指から同時に熱線を放った。

禍々《まがまが》しい魔力の束と化したそれは放射状に拡《ひろ》がり、マヒトを包み込むように直撃し――

「【闇の覇道《ツェーン》】！」

「無傷……だと？」

「お前と俺の魔法は同系統。体内に取り込んでみりゃ、少しは力が戻る助けになるかとも思ったが――全然駄目だな。なんの足しにもなりゃしねえ」

「な、何を言って……」

ジェネラルが反射的に後ずさった時には、既にマヒトはその眼前に達していた。

そして──

「……え?」

マヒトの拳はその鼻っ柱に叩《たた》き付けられ、

「ぎ──」

鼻骨を粉砕し、

「──ゃあああああああああああああああああっ!」

顔面を、陥没させた。

そしてそのままの勢いで、地面に叩き付けられるジェネラル。

「がっ……あっ……馬鹿……なっ!……あ……がっ……何が……何が起こったのだ!」

「お前がぶん殴られたんだよ」

「う……があああああああああっ!」

ジェネラルは片手で顔面を押さえ、咆哮《ほうこう》しながらその身を起こす。

「ありえん……ありえええええんっ! たかが人間に私が後れを取るなどと!」

そして、全身に漆黒のオーラを纏《まと》わせる。

「は、ははは! 闇魔法の最大出力で地獄の深淵《しんえん》に叩き落としてくれるわ!」

「あ、お前のそれ、闇魔法じゃねえぞ」

「……なんだと？」

「同系統とは言ったが、完全な下位互換だ。勘違いしてるみたいだが、その程度の出力じゃただの『影』魔法だぞ、それ」

「影……魔法？　ふ、ふざけるな！　この私の『強さ』がそのような枠組みに収まるはずがなかろう！　私はこれから魔王となる男だぞ！」

「……まだそんな下らねえこと言ってんのか」

「わ、わははは！　くらえええええええええいっ！」

マヒトは、怨念じみた瘴気《しょうき》を纏いこちらに迫るドス黒い魔力の塊を——

「うお、なんかドロドロしてんな、ばっちい」

片手でぺい、と叩き落とした。

「ば、馬鹿な……馬鹿なああああああああああっ‼」

「もう一度言うぜ。王には『強さ』なんて必要ねえ」

そう告げると、喚《わめ》き散らしているジェネラルへ歩み寄り、

「あぎゃあああああああああああああああああああああっ‼」

潰れた顔面に、もう一度拳を叩き込んだ。

「とはいえ——」

そして、ひどくつまらなそうに言い放つ。
「いくらなんでも弱すぎるぜ、お前」

6

《……マヒト君、お姉さんはご立腹だよ》
「……あ？」
何やらむすっとした感じの聖剣の声が、脳内に響く。
《ピンチに陥って、せっかく力を貰《もら》えると思ってたのに、ただの舐《な》めプだったなんて》
「うるせえな……取り込めるかどうか試したって言っただろうが」
腐っても元魔王。たとえ素の力しか使えなかったとしても、このような下級魔族に後れを取るようなことはない。
ヨーコが交戦した個体より数段格上であったのは間違いないが、あくまで下級というカテゴリーの中での実力者に過ぎない。
《ずる！　ずっこい！　マヒト君のずるっこ‼》
「ずるっこってお前……ガキかよ。よくそんなんでお姉さんぶってられるもんだな」

《ガキじゃないもん、お姉さんだもん。マヒト君も人間に比べれば大分年齢いってるみたいだけど、私はもう五千年以上生きてるんだからね》
「は？　五千年？　お前そんなババァだったのか？」
《バ、ババッ……！》
「あ、悪《わり》ぃ……衝撃的過ぎてつい口が滑った」
五千年といえば神話レベルの時代の話だ。魔族においてさえ、そこまで遠い昔の記録は残っていない。
《違うもん……こうなったのは二十歳の時だもん》
「なんだかよく分かんねえけど、悪かったって言ってんだろ——」
《……知らない》
「は？」
《マヒト君なんてもう知らない！　ふーんだ》
「あ、お前ちょっと待てって！　まだ聞きたいことが——」
《…………》
「ちっ……めんど臭《くせ》え女だな」
マヒトが思わず舌打ちしたその横で——

「えっと……マッヒー……誰と話してんの？」

いつの間にか目を覚ましたヨーコが、口に手を当てていた。

「私が起きてるの気付いてなかったよね？……そん時もやってるなんて……ガチじゃん」

「マジで痛いヤツみたいな扱いするんじゃねえよ！」

「うんうん、この前の聖剣さんだよねー。大丈夫だよー、ママだけはマヒトちゃんのこと信じてるからねー」

「こ、こいつ……」

「あはは！　それはそうとやっぱ強いね、マッヒー。お疲れだろうけど、魔族がもう一体いるみたいなんだ。そっちもパパッとやっつけちゃってもらえるかな」

「ああ、それなら心配ない」

「え？」

「そいつの気配は消えたよ、さっきな」

このジェネラルに近いくらいの力はあるようだったが……試験官達が協力して討伐したか、あるいは──

マヒトの脳裏に、あの金髪の腹立たしい少女が浮かんでくる。

「あのシャインとかいうムカつく刀女が倒したんだろ。おそらくな」

「ああ、あのポン刀ガールか！　あの子メチャ強だもんね。それなら安心安心！……あ、そうだ、まだ言ってなかったね。マッヒー、助けてくれてありがと！」

「そんなもんいらねえよ。ダチを助けるのなんざ、当然だからな」

「…………ダチ」

「ん？　どうした？」

「あ、なんでもないでござるよニンニン。出来れば私もマッヒーみたいに素直に言いたいな、って思っただけだから」

ヨーコほど素直な人間もそういないと思うが……

「ま、とにかく一件落着だね。後は、フラフラと合流――」

「マヒトさーん！　ヨーコさーん！」

図ったようなタイミングで、本人の声が響いてきた。

手を振りながらこちらへ向かってくるフラウに、ヨーコがダッシュで近づいていき――

「よーしよしよし！」

その頭を、これでもかとこねくり回した。

「ヨ、ヨーコさん？」

「いやー、ちょっとムツゴロ○さんスタイルやってみたくて」

「えっと……何を言ってるのか分かりませんけど……」

「あはは！　ていうか、フラフラ大怪我《けが》してんだから、大人しくしなきゃ駄目じゃん」

「いえ、私は試験官の先生に治療していただきましたから……といいますか、ヨーコさんの方がボロボロじゃないですか」

「あー、これ？　大したことないって。ヒビは何本かいってるかもしんないけど、ちょっと昼寝したら大分楽になったし」

「そ、そんな訳ないじゃないですか！」

フラウは声を張り上げながら、ヨーコに向けて回復魔法を施す。

「よかった……顔の傷は、なんとか消えそうです」

「そうなの？　まあ残っちゃっても私は気にしないけどね。あ、でも刀傷とかだったらカッコつくけど、噛《か》み痕はちょっとかっこ悪いかも」

「……ごめんなさい」

「え？」

「私の為《ため》にこんなに大怪我して……ほんとにごめんなさい」

フラウは沈痛な面持ちで俯《うつむ》く。

「いや、見ず知らずの試験官さんの為に命を張った人に言われても説得力無いなー。私はと――じゃなくて、自分の飼い犬を守ったんだからまだ分かるけどもさ」

いつも通りにふざけるヨーコだったが、フラウはそれにツッコミを入れないどころか、逆に感極まった様子で――

「よかった……ヨーコさんが無事でほんとによかった……」

その身体《からだ》をぎゅっと抱きしめた。

「フラフラ……」

「心配したんですよ、ほんとに……ヨーコさんが死んじゃったらどうしようって……」

「う、うおお……こ、こいつぁ何かに目覚めそうだぜぇ。でも私、仮にそうなるとしても清純派がいいからビッチはちょっと……」

「いつまで引っ張るんですかその話！」

今度は我慢できなかったフラウが、ヨーコにチョップを叩《たた》き込む。

「なんでいっつもいっつも茶化すんですか、もう……」

ほっぺをぷく、と膨らませるフラウ。

「あ、拗《す》ねちゃった。マッヒーなんとかしてーっ」

「そこで俺に振るんじゃねえよ……ま、こいつがふざけるのはいつものことだからほっとけ……というかフラウ。お前も大分ボロボロだけど、大丈夫なのか？　また人を庇《かば》って無茶したみたいだな」

「あ、あはは……なんというか性分なので……でも、マヒトさんも来てくれたんですね」

「まあお前のピンチには間に合わなかったがな……悪かった」

「い、いえいえ、私はヨーコさんに助けてもらいましたし」

「そうそう、気にしない気にしない！　あ、それはそうとフラフラ、ごめんね」

「え？　何がです？」

「いやね、マッヒーに助けられるなんてヒロインポジション、どう考えても私じゃなくてフラフラの役目だよね」

「あ、あはは……ヨーコさん、よく分かりませんが、役目とかそういう問題じゃないですよね、それ」

「ふふん、私がマッヒーにお姫様抱っこされたって聞いても、そんな悠長なこと言ってられるかな、おぜうさん」

「え？　お、お姫様……抱っこ？」

「そうそう。『待たせたな、マイスイートハニー』って」

「言ってねえぞ……」

「そんで優しく抱き上げるふりして、若干おっぱいの端の方触ってたんだよ」

「そんでもって　熱いキッスをブチューッ！　っと。そんで愛のパワーを得たマッヒーが敵をフルボッコにしたのでした！」

「触ってねえぞ……」

「捏造《ねつぞう》にも程があんだろお前！」

「あはは！　まあ流石《さすが》にフラフラでも、こんな見え見えの嘘《うそ》には引っかからな――」

「お姫様……抱っこ……」

「あ、こりゃ駄目だ、聞いてないや。おーい、もしもし、もしもーし！」

「はっ！　い、いや、べ、別に羨ましいとか思ったりしてませんよ！」

「うわ、分かりやす……」

「な、なんのことですかっ……ちょっと言ってる意味が……」

「ほんとにぃ？　なんか顔が赤くなってるよん」

「うっ……」

「大変だー、うちのペットが発情期に！」

「ヨ、ヨーコさん！」

（やっぱり……人間はいいな）

じゃれる二人の様子を眺めながら、マヒトはしみじみと思う。

個を重んじ、基本的に単体で完結している魔族に対して、人間は他者との繋《つな》がりの中で成長していく。

もちろんそれは種としての全体的な傾向の話であり、魔族の中にも協調性を持った者が皆無な訳ではない。そのような事情を鑑《かんが》みず、魔族全体を滅ぼす、などという極端なことを言うつもりはない。

だが、魔族の長が――その最高権力者である魔王という存在が、人間を抹殺しようとしているのなら……それだけは絶対に止めなくてはならない。

「もーっ！　ヨーコさんなんて嫌いです！」

「え？……そう……なの？」

「ヨ、ヨーコさん？　冗談ですからそんなに悲しそうにしないでくださ――」

「あはは！　ひっかかった！　馬鹿が見るーブタのケツー」

「も――――っ！」

この、新しい友人達を守る為に。

マヒトは遥《はる》か遠くにいる弟に向け、拳を掲げた。

「待ってろよ、魔王様。お前は必ず俺がぶっ倒す」

エピローグ

時は遡り——マヒトが召喚により消え去った直後の魔王城。

「転移……？」

マガツは微《かす》かに首を傾《かし》げた。

転移術式は魔力の多寡にかかわらず、即座に発動できるようなものではない。

あの反応からして、自分の裏切りを兄が察知し、事前に策を講じていた可能性は皆無。

だとすればあの術式は、第三者の思惑によって為《な》されたもの。

それは兄をターゲットにしたものだったのか、はたまた……

情報が少なすぎて、それ以上は推察のしようがなかった。

ひとまず原因については後回しにするとして……兄が生き延びたという結果は厄介だ。

呪いにより魔族に対しては無力に等しいが、彼が有する様々な情報は、人間に大きな恩恵をもたらすだろう。

が、それよりも厄介なのは兄の性質だ。今回結果的に逃げ延びた悪運もさることながら、たとえ呪いがあったとしても、厄介なことをしでかしそうな……得体の知れない『何か』があの男にはある。

「早急に居場所を突き止め抹――ん？」

そこで、唐突に奇妙なことが起こった。

城内の床が眩《まばゆ》く光ったかと思うと――


「…………ん」


次の瞬間には、何者かがそこに横たわっていた。

――転移だ。

兄が消えたと思った矢先、入れ替わるようにして別の者が出現……面白い。これは偶然とは考え難《にく》い。何者かの作為が感じられる現象だが――

「あれ……ここ……どこ？」

それは、人間の少女だった。

「少なくとも、貴方《あなた》の居ていい場所ではありませんよ」

マガツは微笑《ほほえ》みを浮かべながら、少女に歩み寄る。

たかだか人間、捨て置いても何の脅威にもなりえない。

「もしかして……異世界？……………ああ、本当にあるんだ……こういうの」

だが、わざわざ生かしておく義理もない。

もとより、皆殺しにしようとしていたものの一部だ。

事の経緯が気にならないと言えば嘘《うそ》になるが——そこに対する知的好奇心よりも、刹那的な殺人衝動の方が勝っていた。

マガツは更に、少女に向かって歩を進める。

「……殺すの？」

少女の呟《つぶや》きに、マガツの足が止まった。

その物言いがあまりに淡泊で、乾いたものだったからだ。

「分かるのですか？」

「うん……なんとなく」

表層的には殺意を露出したつもりはなかったが、少女はそれを察知していた。

「で、あれば抵抗した方がいいのでは？」

「いや……無駄だよね、これ。一目で分かる人外が相手とか、どう転んでも詰んでる……

というか――別に生きてても死んでもどっちでもいいから」

それは、虚勢や強がりではないように感じられた。

この少女は自分の生死に関して、心底どうでもいいと思っている。

「貴方はどうしてそこまで、己の命に無頓着でいられるのですか？」

「別に理由なんて無い……生まれながらにして底抜けに明るくて、人生が光り輝いてるような人間っているでしょ？……私はそれの逆ってだけの話」

少女の言葉からは、感情も意志も生気も――何も伝わってこない。

似ている……それは、魔族があまりにも長く生き続けた結果、生きる意味も目的も失い、虚無に陥った様に酷似していた。

肉体は人間のものでありながら、精神状態は魔族が最終的に至るそれに近い。

このような不自然な生物は今まで目にしたことが――

「…………まさか」

思考の最中、その閃《ひらめ》きは不意に訪れた。

降って湧いたとある可能性に、マガツの心臓が強く、脈打つ。

人間側には『聖剣』と呼ばれる強力な武器が有る。それは選ばれた者だけが手にすることのできる稀有《けう》な代物だ。

実はそれと同格のものが、この魔王城にも存在する。

『聖剣』と対になる『魔剣』が。

しかしそれはどれ程屈強な魔族が試そうが微動だにせず、無用の長物としてこの王の間よりも更に深奥《しんおう》にて、台座に突き刺さったままになっている。

基本的に直感の類いを信じないマガツではあるが、今回ばかりは違った。

理屈ではなく、本能が告げていた。

この少女が、そ、う、なのではないか、と。

「とりあえず、名前を伺っても？」

新たな魔王の問いに対し、少女は虚《うつ》ろな眼差《まなざ》しのまま口を開く。

「硝子《しょうこ》……天道《てんどう》、硝子」

あとがき

富士見《ふじみ》ファン○ジア文庫でははじめまして、春日部《かすかべ》タケルです。

僕はラノベ作家になってから十年と少し、デビューしたレーベルオンリーで活動しておりましたが今回、初めて他のレーベルから出版させていただくこととなりました。

※本編の雰囲気を損ないたくない方は、ここから先は読むのをお控え下さい。

そこで深刻な問題が一つ。今まではギャグ成分多めのラブコメを主戦場としていた為《ため》、あとがきにチン○とかチ○コとか○ンコとか書いても全く問題無かったのですが、今回はガチめのファンタジーバトルもの。

下ネタは本編からの余韻的にナシではないのか？　そもそもレーベル的にチン○が許されるのか？　という形而上学的《けいじじょうがく》な問いかけが発生します。

前者はテキトーに※を入れといたので読者様の自己責任としても、後者は一作家では如何《いかん》ともし難《がた》い問題……ですので保険としてレーベル名も伏せ字にしておきました。

これで心おきなくチン○を連発することができます。

――が、あとがきにはお世話になった方々への謝辞が必須。チン○と謝辞を秤《はかり》にかけた場合、前者の方がはるかに軽い（作者のチン○が小さいという暗喩ではありませんので誤解なきよう）ので、重い方を優先します。

担当編集Oさん。よく考えてみたら、レーベルが変わっても担当さん同じ人なんでほぼ古巣とイコール状態……気を遣う必要、全くありませんでした。無駄になった前半のチン○忖度《そんたく》、返して下さい。

イラストを担当していただきましたハリオさん。

かっけえええええええええええええええええええええええええええええええっ‼

……取り乱しました。いや、カバーイラスト見たら本当にそれしか言えなくて……イラストレーター様との巡りあいは時の運ですが、ハリオさんに描いていただけて、心の底からよかったと思います。

本書の製本・流通・販売の過程においてご尽力いただきました全ての方々に感謝を。

そして、読者の皆様に一番の感謝を。

それではまた、二巻でお目にかかりましょう。

二〇二一年　五月　春日部タケル

お便りはこちらまで

〒一〇二-八一七七
ファンタジア文庫編集部気付
春日部タケル（様）宛
ハリオ（様）宛

富士見ファンタジア文庫

聖剣使《せいけんつか》いの最強魔王《さいきょうまおう》

令和3年6月20日　初版発行

著者——春日部《かすかべ》タケル

発行者——青柳昌行

発　行——株式会社KADOKAWA
〒102-8177
東京都千代田区富士見2-13-3
0570-002-301（ナビダイヤル）

印刷所——株式会社暁印刷

製本所——株式会社ビルディング・ブックセンター

ISBN978-4-04-074112-3 C0193　◇◇◇

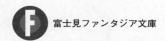

切り拓け！キミだけの王道
ファンタジア大賞
原稿募集中！
賞金
《大賞》300万円
《金賞》50万円
《銀賞》30万円
選考委員
細音啓「キミと僕の最後の戦場、あるいは世界が始まる聖戦」
橘公司「デート・ア・ライブ」
羊太郎「ロクでなし魔術講師と禁忌教典《アカシックレコード》」
ファンタジア文庫編集長
前期締切 8月末日
後期締切 2月末日
公式サイトはこちら！ https://www.fantasiataisho.com/
イラスト／つなこ、猫鍋蒼、三嶋くろね